KB253729

오늘, 그
축복의 노래

윤월로 시집

오늘의문학사

사랑하는 아들 서강원의 혼인을 축복하며

1981년 1월 3일 토요일
어느 날보다도 밝은 햇빛이 흰 눈 위에 눈부실 때
나는 세 번째 자식인 아들 강원을 낳고
서씨 가문에 시집 온 숙제를 했다고 생각했다.

32년이 지나고 있던 지난 2월 13일
그가 시작한 법공부의 매듭을 짓고
수화기 속으로 들려오는 그의 두 번째 큰 울음소리를 들었을 때
어미로서의 숙제를 다 했다고 생각했다.

그리고 오늘, 2012년 7월 21일
사랑하는 아들이 그의 '더 좋은 반분'을 맞으며
정녕 내 모든 숙제를 다 끝낸 느낌이다.

오늘까지 내 모든 삶을 인도하고 축복을 부어주신 그분께

영혼의 손을 모아 깊이 감사드리며,

사랑하는 나의 가족과 친척과 친구들

남부교회 교우들과 나의 이웃들

오늘 아들의 결혼을 축하하러 와주신 여러분

그리고 이 시집을 읽는 분들께

그분의 축복이 넘치시기를 빈다.

해설을 해준 정순진 교수님,

책을 만든 리헌석 사장님과 이영옥 편집장께

감사의 절을 올리며.

2012년 7월 머루헌에서 윤 월 로.

2부 惠風生氣 혜풍생기

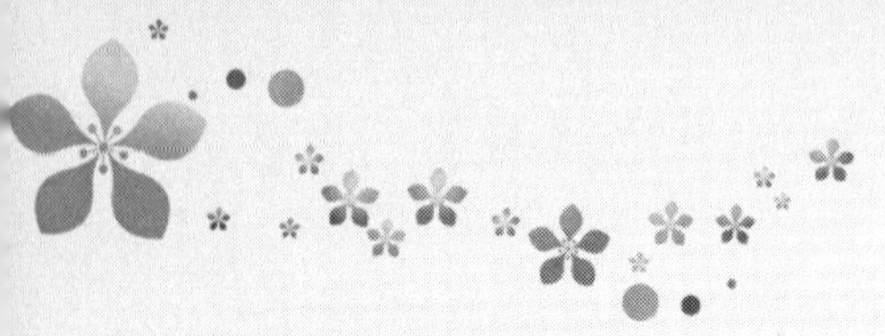

3부 上善若水 상선약수

4부 鶴立老石 학립노석

5부 玉泉有情_{옥천유정}

1부

因緣生起

인연으로 생겨난 나의 둘레는

인연생기

동기同氣

살다가 문득 만나도
벼르고 별러서 긴 기다림 끝에 만나도
만남만으로도 행복해서
서로를 바라보는,
무슨 이야기를 해도 다 내 일처럼 생각하고
침묵조차도 달게 나누어 갖는
삶의 쉼표

보고 또 보아도 싫증나지 않는 소중한,
더없이 소중한 한 가지枝, 같은 기운氣

어머니

하루를 밝히는 건 태양만이 아니다
눈물로 닦고 또 닦는 근심이
어둠을 걷어내고
깊은 소원에 날개를 달아
새벽을 열고
목숨을 태워 오늘이 또 밝아온다

바람보다 먼저 눕고 일어서는 풀잎처럼
슬픔보다 먼저 슬프고
기쁨에 앞서 기쁘다

밟히고, 채이고, 뽑히고……
쇠잔해진 무릎
서럽도록 시달려도 이것이
내 몫의 아픔

쓰러져
자연으로 돌아간다 할지라도

나 서둘러 두엄이 되어
온몸 뜨거운 열기로 다가가
꽁꽁 언 너의 발을 적셔주마.

기다리는 하늘

갓 시집와서 몇 년은
틈만 나면
친정이라는 낯선 이름으로 달려가던 우리 집
그래도 날마다 허기지던 어머니 그리움은
흐르는 세월에 바래고 일상에 지쳐
엷은 물빛으로 녹아내리는데
아이들의 키 따라
점점 멀어지는 어머니의 집

그리움은 어느 새
그 분의 하늘이 되어 있었네

삼십 수년 붙들렸던 일터 벗어나고도
시간표 따라 스스로 허둥대는 딸을
차라리 궁휼히 여기며 몇 몇 해를
또다시 기약 없는 그리움에
당신을 우리시는데
이 봄, 짙푸른 하늘 가리며 눈발처럼 흩날리는

봄 꽃잎들에게 가슴 한쪽 뚝 떼어 맡겨버리며
드는 생각

어머니, 어느새 저도 당신처럼
날마다, 날마다 기다리는 하늘이 되어 있었네요.

우렁이

엄마, 내 엄마야
저기 둥둥 떠나가는 건

빈껍데기만 둥둥
물결 따라 흔들리는 어깨는
모진 세월 살아왔던 엄마의 슬픈 추임새
자식들마다
당신 가슴을 녹여 살을 일으키고
피를 말려 뼈를 굳게 했던
저기, 떠나가는 내 어머니

내 말 한마디 한 마디 총과 칼로 다가가
소리 없이 그녀를 무찔러
날마다 쓰라린 상처가 되고
썩어버린 피,
현기증 일으키며 신음하던 아픔이
저렇게 감춘 살마저 멍이 들어버린 것
결코 내 탓이 아니라고

왜 우겼을까

어머니, 떠나가는 내 어머니
쏟아지는 눈물 참으며
까만 손 흔드는 내 어머니.

봄사과

겨울잠을 자다가 이끌려 나와
일용할 양식이 되어
번뜩이는 칼날에 온몸을 바친다

세상이 온통 즐겁기만 했던
꽃이던 시절에도
느닷없는 추위와 비바람까지
자주 목숨을 위협했지만
세월들 녹여 찬란한 열매가 되었는데
그 세월들 오롯이 준엄한 생명이었는데

나는 숨을 가다듬고 비장한 마음으로
너의 심장을 찌른다
오래도록 간직해온 홍건한 네 눈물에
뜨거운 눈물을 덮지만 나는 차마
네 아픔을 가늠할 수도 없는 것을
아, 너는 오늘 내 생명의 밥이 된다

그리고 나도 너처럼 시간을 뚝 잘라
곱게, 아주 곱게 갈아서
또 다른 생명의 밥이 된다
우린 그렇게 죽어가고
우린 그렇게 살아가고.

꽃다발

알프스 산 아래
350년 동안 꽃으로 둘러싸여 온
스위스의 작은 집

꽃도,
꽃을 가꾸는 사람도
그 꽃을 나눠받을 2세들도
다 의미 있는 집의 필요, 충분조건

꽃이 없는 집은 아무 의미가 없다는
주름도, 몸매도 넉넉한 황혼의 여인
가까이 사는 자식들에게 나눠주려고 가꾼다며
꽃다발을 만든다

아, 나도 꽃다발을 줄 사람이 또 하나 늘었다
보고 또 보아도 가슴 뛰는 즐거움
소중한 새 생명의 기쁨이여.

※ 2004년 12월 14일 첫 외손주 윤지 태어나다.

사루비아

꽃 속에도 불이 들어있음을 몰랐다
마냥 이쁘고 고운 줄만 알았는데
쳐다보고 어루만지며 마음 놓고 웃다가
화상을 입었다
평생 낫지 않을 수도 있는
3도 화상이다

시시때때로 가슴 속이
욱신욱신 화닥거린다.

상사화 相思花

소망을 거름삼아
땀과 눈물을 흙 삼아
시간 속에 목숨을 녹여
뽑아 올린 내 푸른 이파리들
그러나 함께 할 수 없다는 운명을
순리로 받아들여 너를 보낸 후
피어난 자유
하지만 '보고 싶은 마음 호수만 해서 눈을 감는다는'*
시인의 말도 내게는 전혀 위안이 되지 않는구나
심술 난 아이 주저앉아 생떼 쓰듯
첫눈 오는 날 추억 찾아 헤매는 연인인 듯
뜨거운 손 사방으로 사래질 치는
너를 향한 간절한 그리움
올올이 찢겨진 가슴
애잔한 꽃송이 따라 긴 한숨으로 벋어
참으면 참을수록 쓰라린 하늘

네 생각에 절어 온종일

나는 목이 마르다.

세례

스테고사우루스[*1]나 프테나로돈[*2]처럼
이름은 알지만 기억 속에서는 아득한
그런 일일 수도 있다
엄마나 아빠, 할머니나 할아버지처럼
언제까지 함께할 수는 없지만 아주 친숙한,
오래된 거울이거나 녹슨 열쇠일 수도 있다
벅차게 많은 숫자로 잘 읽을 수도 없는 잔고의
예금통장처럼 생각할 때마다
든든한 소유, 깊이 감춰둔 보물
언제나 네 것이다

모든 사람들이 그랬듯이
아무도 가보지 않은 오직 너 혼자
바라고 그리면서 만들어가야만 하는 길
기쁨과 슬픔, 속삭임과 외침으로,
혹은 양지와 그늘을 넘나들 수많은 날들
부딪치며 걷고 뛰고 건너야 하는
생生의 도정道程일지라도

결코 겁 내지 마라
두려워하지도 말라
당당하게, 걸판지게 한 세상
신나게 노래하고 춤추려므나

세상이 줄 수 없는,
세상이 알 수도 없는
큰 평안의 샘을 정수리로부터
영혼 깊은 곳에 담은 오늘은
네 생애 첫 번째 축제의 날.

*1 쥐라기시대의 등에 지붕 얹은 초식 공룡
*2 날개가 있는 백악기의 잡식 공룡

※ 좁다란 합정동 골목길 옹기종기 사람들 더불어 사는 도시 위에 보름 비
낀 달 밝고, 속 깊은 버들꽃 나루 청량한 공기 우리 모두의 가슴을 씻어 내
리는 경인(庚寅)성탄을 사흘 앞둔 밤, 100주년기념교회에서 이재철 목사님
의 집례로 태어난 지 10개월 된 사랑하는 외손 이형원 세례를 받다.

떠남

제라늄 꽃잎이 피고 또 지는 것처럼
떠남 또한 일상인 일인데도
날마다 부르는 노래처럼
참 익숙한 일인데도, 그런데도
언제나 처음 대하듯 낯을 가리게 된다

세월이 쌓이면
감정도 면역의 힘이 떨어지는걸까?

마주하고 싶지 않은 순간을
기어코 손 잡아버린 휑한 그 공간을
아직도 차운 겨울바람이 차지하고
기억 속에서 스스로 돌아가는 동영상에
낡고 오래된 추억 밀치고 들어앉은
새롭게 날 선 그리움이 쓰리다

세월이 쌓이면
마음도 탄력을 잃어버리는걸까?

봄눈 녹아 흐르는 시냇물처럼
눈물은 안으로 안으로 스며들고
'입춘대길' 닫힌 문틈 사이로
슬몃 시간들 빠져나가듯
허망한 웃음소리, 큰 웃음소리

세월이 쌓이면
기쁨도 그리움도
왜 모두 아릿한 상처 같은 아픔이 될까?

벚꽃길

만나러간다는 생각만으로
나서기도 전에
즐거운 그리움
저 멀리 어렴풋이 보이기 시작하면
오랜만에 찾아가는 내 집인 양
고동치는 맥박
잠시 다독이고
멀리서 봐도 곱다 참 곱다
서둘러 다가가
훈훈한 바람 더불어 마주 서면
싸락눈처럼 흩날리며
자분자분 내려앉는 꽃잎들
늙으신 어머니의 애잔한 웃음소리
젊을 적 그 분의 이성理性처럼
투명하고 짙푸른 하늘
송이꽃들에 가려 아련히 멀지라도
한 송이 한 송이 눈물 나게 예뻐서,
어린 날 고향처럼 마음 편안해져서

연분홍 봄의 심장 속에
오래 서있네.

숨은 그림 찾기

세 줄기 강물이 반짝이며 흘러간다.
눈 비비고 다시 보니
한 줄은 강물이고, 다른 두 줄은
강물 더불어 흘러가는 구름
그리고 우리들의 세월이다.
20년을 한 속束으로 묶어 세 개,
나의 모든 시간들을 S자로 시작하는 이름의
그가 살짝 감싸고 있거나,
서로 만나, 새로 만난 딸 둘 아들 하나
세 애들을 둘이서 살포시 안고 있거나,
아름다운 숫자 스물 셋(23)도 언뜻 보이고,
건곤감리 중 하늘의 건乾이 반태극半太極 안에 잠들어
느릿느릿 나부끼는 괘卦의 편안한 형국이거나,
서른 두해 교단에서 아이들과 함께 즐긴 선율
그 숱한 오선들의 춤사위는 아닐런지……
혹은 믿음, 소망, 사랑 위에 정직과 성실
오랫동안 바란 소박하고 고된 삶의 방식이기도.
그보다, 다음에 다시 올까 망설이는 내게

갖고 싶은 것, 갖고 싶은 날에 가져!
세상에서 가장 편안하게 해주려는
그의 마음이다.
좁쌀만한 보석들이 촘촘히 박혀
투명하게 빛나는 금속 세 가닥 쪽나란히
느슨하고 여유로운 휘어짐 곁에
한껏 광을 낸 어여쁜 두 곡선의 어우러짐
강산을 여섯 번 건너온 나의 무명지에
크지도 작지도 않고
꼭 맞는다.

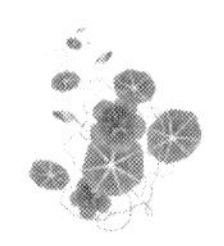

2부

惠風生氣

은혜의 바람으로 새 기운이 돋으니

혜풍생기

빈자의 노래

세 끼의 양식과
하루치의 평화에 새삼
놀라워하던 요즈음
어떻게 하면 그분의 뜻
좀 더 가까이 갈 수 있으려나
궁금해 하는데
느닷없는 회초리는 곧,
그의 지팡이고 또한 그의 막대기*

깜짝 놀라 구석구석을 살피는데
아직도 캄캄한 영과 혼
헤어나지 못한 죄스러움 더불어
다만 살아있음을
온몸으로
감.사.해.

* 구약성서 시편 23편에서
※ 2003년 11월 21일 남편이 크게 교통사고를 당하다.

겨울꽃

힘겹게 자란 태가 역력한 굵은 줄기 끝에
연보라색 꽃이 피었다
겨우내 눈에 잘 띄지도 않는 곳에서
저 혼자 겨울을 난 것도 대견한데
봄이 시작되기도 전에 예쁜 꽃까지 보여주다니

죽을 준비를 하며 살면
더 높은 삶을 살 수 있다는
헤세의 싯귀를 본 후
그렇게 살려고 애는 써왔지만
어떻게 하는 것이 죽을 준비인지
더 높은 삶은 어떤 것인지
언제나 숨어있는 해답은 어디에도 없다

이름 모를 겨울 꽃처럼 온몸으로
겨울 같은 세월을 헤치며 살던 우리가
생명을 내보내신 그 분께 간다면
어느 누가 언제 간다 해도

그 분은 칭찬해주실 것이다
결코 내가 선택한 삶 아닌데도
잘 견디며 살고 왔다고.

숨바꼭질

몇 십 년을 두고 내내
나는 당신을 찾으러 다녔습니다
하지만 오늘은 당신이 술래입니다
나를 찾아보세요
대문 뒤도 아니고
장독대 틈새도 아니고
향기 가득한 꽃그늘은 더욱 아닙니다
들키지 않게 몸을 낮춰 숨을 죽이고
구겨져 앉아 있으려니 심심해지대요
객쩍게 손 넣은 호주머니에서 나온 건
아무렇게나 구겨진 악보 하나
쉼표 없는 음악처럼 숨 가빴던 나의 노래
천천히 네 귀퉁이 맞추어 다시 잘 접어 넣고
머리카락 한 올 남김없이 감춘 채
꼭꼭 숨었는데
이런 나를 알아채지 못한 당신은
나를 찾아 애먼 다른 곳만 기웃거려도
오늘은 뛰어나가 찜할 생각이 전혀 없습니다

그냥 이대로 숨어있고 싶어요
오래오래요.

소금사랑

세상에서 가장 너른 바다 속에서
잔뼈가 굵어
성품도 좋지
누구도 가리지 않고
잘 어울리는구나
세상에서 가장 부드러운
물의 품안에서 자랐음에도
돌처럼 단단한 기상
나무랄 것 없이
장하구나
세상에서 가장 밝은 빛과 볕 속에서
목이 마르도록 몸을 태웠는데도
눈부시게 흰 살결
마음까지도 그렇게
맑고 투명하겠구나
그럼에도 불구하고
행여 제 모습 드러날까
숨고 또 숨고

녹고 또 녹아져내려
목숨 걸고 썩어질 것들을 지키든가
오직 맛을 위하여
전 생애를 포기하는
눈물겨운 의지

— 소금
너는 사랑의 진면목이다

※ 마태복음 5:13 너희는 세상의 소금이니

빛의 노래

한 치도 내가 숨을 곳은 없다
나 있는 곳이 곧 세상이므로

나로 인하여
그대의 모습이 보이고
그대를 더 드러내기 위하여
있는 힘껏 그대를 감싸올린다
세상 어디서든

상처가 깊은 곳일수록
눈물이 뜨거운 곳일수록
슬프고 무거운 가슴일수록
누구보다 먼저
온몸으로 나를 던지며
전력질주
숨으면 이미 나는 내가 아니다

— 빛

내가 나다워야 세상은

밝아질 것이다. 조금 더 따뜻해질 것이다.

근심

54

나의 기름은 사람을 영화롭게 하는데
어찌 그것을 버리고 가서
나무들 위에 우쭐댈 것인가
나의 단 것과 아름다운 열매를
어찌 버리고 가서
나무들 위에 우쭐댈 것인가
하나님과 사람을 기쁘게 하는 포도주를
어찌 버리고 가서
나무들 위에 우쭐댈 것인가

숲에서 임금을 뽑기로 하고
나무들이 왕 될 재목을 찾아나서 물었을 때
올리브도 무화과도 포도나무도
한사코 왕이 되기를 거부했다
나무들은 하는 수없이 가시나무에게 청했다
냉큼 왕이 되기를 수락한 그는
모두들 와서 내 그늘에 피하라
그리하지 아니하면 내게서 불이 나와서

아름다운 궁전의 재목이 되는 백향목이라도
불사를 것이니라

너도 나도 스스로
왕도 하인도 되어야 하는 요즘 세상에
자신도 모르게 슬쩍
나도 남도 고통스럽기만 한 그늘이 되는,
나아가 모두를 불태워버리고자 하는
가시나무임금은 아니었을까
혹은 그렇게 될까 두려워.

※ 구약성경 사사기 9장의 말씀에서

시선視線

발을 쓰지 못하는
나면서부터 걷지 못하는
평생 단 한 번도 걸어본 적 없는
한 사람과
눈이 마주쳤을 때

그에게 외쳤다
"너의 발로
 똑바로 일어서라"

바로 그 순간
그가 걸었다

서로의 영혼까지도 꿰뚫어보는
눈빛을 나눈
루스드라*[1]의 두 사나이*[2]

누가 나도 그렇게

쳐다봐줬으면.

*1 현재 터키의 한 시골마을로 초대 기독교 시대 바울의 1,2차 선
교 여행지 중의 한 곳. 바울의 영적 아들인 디모데의 고향이기도 함
*2 사도 바울과 그에게 기적적으로 나음 받은 장애인

순리順理

억만 개의 별을 운행하는 그 손이,
억만 개의 들꽃을 웃게 하는 그 손이,
억만 개의 바람을 움직이는 그 손이,
억만 개의 구름을 다스리는 그 손이,
억만 개의 돌을 쉬지 않고 다듬는 그 손이,
억만 개의 물방울을 모으고 헤치는 그 손이,
억만 개의 운명을 설계하고 보듬는 그 손이,

나도 볼 수 없는,
나도 볼 수 없는 내 뼈의 무게를 달고
나도 볼 수 없는 내 살의 부피를 나누고
나도 볼 수 없는 내 피의 정기精氣를 모으고
나도 볼 수 없는 내 장기臟器의 좌우를 맞추고
나도 볼 수 없는 내 마음의 색깔을 물들이고
나도 볼 수 없는 내 생각의 길을 내고
나도 볼 수 없는 내 혼의 깊이를 잽니다.

저녁이 되고 또 아침이 되니

오늘도 귀가 조금 더 순해집니다.*

* 이순(耳順) : 60살 나이의 별칭

영혼의 노래

기름진 농토 나 없어도 사방 풍년이 들어
곳간마다 가득 채우고도 곡식이 남는
21세기의 나날들
이 곳간 헐고 더 크게 지어놓고
"내 영혼아, 이제는
편안히 쉬면서 먹고 마시며 즐기자"
우리는 노래 부르네

— 사람의 참 생명과 참 삶은
  그 소유의 넉넉한데 있지 아니하니라. —
말씀도 흘려들으며
우리는 날마다, 시간마다
숫자를 세네

그날 밤
나를 도로 찾으셨다면 어쩔 뻔 했어?
어리석은 부자*보다 더 어리석은
내 영혼아.

* 신약성서 누가복음 12장에서

모과

얼마나 올곧은 의지로 견디어야
얼마나 진한 사유 속에서 정진해야
얼마나 순전한 마음으로 스스로를 다스려야
그렇게 한 가지 색깔로 빛날 수 있을까

일곱 번씩 일흔 번이라도
넉넉히 용서하려는
온몸 선연한 노란 빛.

※ 미국 플로리다 브로크릴 마을에 살던 빙고라는 남자가 4년의 옥살이를
끝내고 고향으로 돌아가던 날, 마을의 커다란 참나무에 그를 용서한다는 아
내의 노란손수건이 나무 한가득 매어있었다는 이야기가 있다.

일곱째 날

내게 행복한 일 하나를 꼽으라면
햇살 따뜻한 일곱째 날,
온 가족이 함께
앞으로 세상에 오실 이의 이야기와
그렇게 오신 '사람의 아들'의 소중한 이야기를
주신 이에게 온 마음으로 감사를 드리는 일

바로 그 따뜻한 오늘
사랑하는 아이들은
산을 넘고 바다를 건너 먼 곳에서
제각각의 꽃을 피우고 있는데
지금 이 시간은 무얼 하고 있을까?

내 영혼에 맑은 종소리 울려 퍼지는
예배당으로 홀로 향하는 지금
곁에 없는 그들을 아쉬워하며
축복처럼 쏟아지는 햇볕 속을 걷는다
붉은 밧줄* 하나

마음에 늘어뜨리고.

빛의 위로

그 안에 생명이 있었고*
생명의 빛으로 어둠을 물리치니
하루가 빛으로 시작되는 것처럼
빛 속으로 시간은 걸어가고
시간의 빛 속에서 공간은 뛰놀고
공간의 빛 속에서 삶은 늘 흔들리는데
운명은 언제나 길게 누워 물끄러미
나를 바라보고 있네
마음 하나 올곧게 붙잡고
성실하게 건너고자 하는 운명의 바다
행운은 진리 편에 서는 사람이 바랄 것은 아니어도
일 마다 행복할 수 있는 빛의 세상

빛이 있어
그 빛에 평생 비워내는 가슴을 가로질러
흘러가는 생명의 강.

* 요한복음 1장 4절

3부

上善若水

가장 좋은 것은 물과 같아서

상선약수

미명^{未明}에

흰 눈이 눈부심으로 겨울을 덮는 것처럼
어둠은 제 부드러움으로
밤마다 세상을 덮는 축복 속에
저기 육중한 몸 이끌고 기어가는 청소차 한 대
마음속에 쌓인 쓰레기도 함께 가져가주세요
낙심하며 슬퍼진 가슴도
억울해하며 모질어진 생각도
나를 잊어버릴 만큼 취했던 기쁨도
돌아오지 못하는 화살 같은 후회도
모두 다 녹아버려 안개로 떠다니는
밤의 포근함에 마음 저려 고백합니다
암만 깨끗하게 살려고 해도
아니, 깨끗하게 하려고 몸부림칠수록
버릴 것은 더더욱 많아지더라구요.

바이러스

그는 쉬지 않고 내게 말을 건다
밤도 깊어 내일이 오늘이 된지 세 시간이 넘는
이 시간조차 개의치 않고 말을 걸고
난 있는 힘껏 짧게
나직나직한 소리로 대꾸 한다
바람 따라 잦은 기침을 하는 창문 함께

오랜만에 에미를 찾아왔던 딸
그의 남편을 따라 서둘러 일터로 돌아가고
긴 시간 묶여있던 몸 풀려 제대한 아들도
단 하루를 못 채우고 내 곁을 떠나가는데
그래도 요놈, 기특하게도 날 오래 지키고 있다
벌써 열흘이 넘어 내일이면 보름이다

처음엔 몹시 낯설던 사이였는데
서로 꽤 익숙하게 되었다
밤낮을 가리지 않고 온종일 다가와
성가시게도 말을 거는 그에게

이제는 맘 편하게 묻는다
언제쯤 날 놓고 갈 건데……?
하기는 이 겨울 날 지키려는 놈은
바이러스* 이놈밖에 없으니.

* 한 번 들어오면 끈질기게 괴롭히는 2008 신종 감기 바이러스

일상

먼 길에서 돌아와
말강물로 깨끗이 세수를 하고 나온
햇살의 아침
너그러운 빛 가로질러
눈썹처럼 걸려있는 빨랫줄
간지러운 듯 목젖 떨며
옆으로 드러눕는 식구들의 옷들
날마다 있는 일이지만
진득한 일상 속에
편안히 안겨있음을
감사

책 속에서 조차 한없이 속상했던
1900년대 일장기 아래 한반도의 35년,
엄마만 옆에 있으면 아무렇지도 않을 아기였을지라도
전해 듣는 이야기 들을 때마다 실감나게 두려운 625.
419, 516, 518…… 숫자만으로도
코끝을 파고드는 비릿한 피냄새

행여 그런 일이 또다시 일어난다면
나 어떻게 이런 천연한 마음으로
빨래를 널 수 있을까.

머리감기

풀잎들이 나무들이
흙 속 깊이 뿌리를 풀어놓듯이
머리카락을 모두 아래로 쏟아 붓는다

한 여름 소나기에 젖어 마음 놓고 지절대는
숲속의 아카시아 잎들처럼
자유롭게
파도를 타고 유영하는 대양의 돌고래들처럼
여유롭게
남해바다 한 길 물속에 앉아 노니는 검은 미역 줄기인 듯
머리카락들 나굿나굿 춤춘다
편안하다
시원하다

새끼손톱 밑에 보이지 않을만큼 작은 가시가 들어갔을 때
계단을 내려오다 발을 헛디뎌 팔뚝을 어깨에 메었을 때
감기 몸살로 온몸이 오싹오싹 신열에 추웠을 때
어항 밖의 물고기처럼 얼마나 물이 그리웠던가

내 머리카락들은

문득 떠오르는 아우슈비츠 사람들
남녀노소 할 것 없이
짧은 목숨보다도 먼저 없어져야 했던
가엾은 머리카락들

그리고 보니 단오 날 창포 잎 띄운 물 아니더라도
더 없이 소중한 일상.

자유보다

돌아갈 집이 있다는 건
얼마나 든든하고 기쁜 매임인지

벼르고 벼르던 여행을 떠나
일상에서 겨우 자유로워지니
슬며시 '집 떠나면 고생'이라는 말이 생각나면서
몸보다 마음이 먼저 집을 그린다

결혼이 얼마나 사람의 범위를 좁히는지
그 문을 지나온 사람들은 다 안다
그래도 사람마다 세월이 차면
너나없이 사랑의 이름으로
애써 스스로의 밧줄을 찾는다

일에 매이지 않은 사람은
마냥 자유를 누릴 것만 같아도
정말 일이 없는 사람은 실없는 '실업자'
덧없는 자유는

시대의 가장 큰 근심거리

구속은
자유보다 힘이 세다.

물 권하는 여자

그녀는 8차선 지방도로변 2층 건물
철마다 대기실을 꽉꽉 채우는 감기환자들 속에
그 흔한 마스크 하나 없이 하루 여덟 시간을
일주일 내내 꼬박 진료하는 가냘픈 몸매의 내과의사다
어떻게 그렇게 들끓는 감기 속에서 견딜 수 있느냐고
묻는 내게 말했다
— 많이 많이 물을 마셔요
기침도, 고열도, 견딜 수 없는 통증마저도
며칠 분의 알약과 주사와 시간을 섞어
견디면 낫는다고는 해도
변검變臉처럼 얼굴을 바꿔 달려들고 또 달려드는,
독감, 신종 플루, 변종 플루……
감기들이 무서워 그녀처럼 나도 날마다 물을 마신다

아, 이 시대에게 따라줄 물도 있었으면 좋겠다
두레박으로 갓 길어 올린 차가운 샘물을
얄쌍한 유리컵이 아닌 바가지째 마시게 하여
감기 같은 불신도, 불황의 독감도,

고질병이 된 불소통까지도
식도를 타고 내려 위와 장으로
그리고 온몸을 휘돌아 두 콩팥을 거쳐 바다만큼이나
멀리 흘러가버렸을 내 감기 바이러스처럼
그렇게 꿀꺽꿀꺽 사라져버렸으면.

슬픔 하나

있으나 없는 것처럼
낮은 데로만, 낮은 곳으로만 바라
막히면 잠깐 숨을 고르고 돌아가고
가는 곳마다 스스로 채우며
모든 것을 품에 안고
가난한 이도, 외로운 이도,
병든 이도 심지어 도척盜跖[1] 같은 이 조차도
결코 거부하지 않는 한결같은 마음
만물 더불어 살고자 하는 의지 하나로
목숨을 적시고
생명을 생명답게 하는
물

자꾸만 발꿈치를 들어 높은 곳 쳐다보고
자주 뛰어 넘거나 그냥 주저앉아
견딜 수 없는 목마름이 먼저 부끄러웁네
스스러워[2] 손조차 내밀지 못하고
하릴없이 그 목숨의 무게를 재며

빛깔을 헤아리고 있네

아, 물이고자 하나
마음은 결코 물이 될 수 없는
이 슬픔이여!

*1 춘추시대의 포악한 도적의 우두머리
*2 1)정분이 두텁지 않아 조심스럽다
　　2)수줍고 부끄러운 느낌이 있다

낯선 별리

오늘 쳐다 본 하늘
어제 그 구름 아닌데
정겹기만 하다
오늘 흘러가는 강물
어제 그 물결 아닌데
전혀 낯설지 않다
저기 핀 저 꽃
지난 해 그 꽃 아닌데
똑같이 예쁘다
그러나, 오늘 나서는 발걸음
결코 지난번과 다르지 않은
자주 반복되는 그 행선지임에도
낯설기만 하다

마음의 갈피를 세우고 또 세워도
이별은 오래 낯이 익지 않아
누가 떠난다고만 하면,
스스로 나설 때는 더욱

바쁘게 먼저 내달리는 슬픈 맥박
위험한 나의 피돌기.

노을

무엇보다 내 몸이
건강하던 나를 잃고
마음처럼 움직여지지 않는 큰 아픔으로
긴 하루를 살아낸 가엾은 사람들이 있어서

온몸과 온 마음으로
오롯이 하루를 바쳐 일을 해도
무거운 노동이 세끼 밥이 되지 못해
그늘에서 지낸 추운 사람들이 있어서

돈이나 권력, 폭력 앞에 자유롭지 못한
작은 나를 잃고
뜨거운 눈물이 발등을 적시는
억울한 사람들이 있어서

백분의 일초보다 더 짧은 순간에
나를 버리고 참을성 없이
내 식구, 남의 가족을 괴롭힌 죄로

자유를 묶인 서글픈 사람들이 있어서

오늘도 이렇게
신열이 오른다
애가 탄다
마음이 활활 불이 붙는다
어찌할 수 없는 뜨거운 침묵으로
나도 나를 보낸다.

밤_夜은

모든 것이 변한다
역사의 여울을 따라 없어지고 생겨나고
도시도, 사람도, 문화도, 문명도
세상의 것은 다 변한다
세월에 떠밀려,
온 세상이 빨리도 변해가는데
오래 오래 변하지 않는 한 가지
해 지면 밤이 오는 것
어둠은 지혜와 함께 다가와
우리를 껴안으며 부드럽게 말한다
괜찮다 다 괜찮아진다
오늘의 슬픔은 오늘로 족하다고 했다
설움도 아픔도 이제 그만
눈물을 닦고 바라보아라
하루치의 평화가 저 멀리 하늘에
빛나는 별들을 데리고 찾아와
절망의 가슴에 따스한 등불을 켠다
꼭 쥔 주먹도 구겨진 마음도 다 펴놓고

편히 쉬어라
모든 것은 다 지나간다

하루의 끝이 어둠인 것은 아마도 수많은
상처들을 싸매고 위로하기 위함일 것이다
밤은 눈을 감고 무수한 이슬로
밤을 새워 울고 있는 것을 보면.

초겨울 산행

바람은 제 힘껏 세월을 밀어내는데
기침처럼 쏟아지는 낙엽
앞서가는 사람들의 발자국 따라
먼지, 긴 한숨으로 흩어지네
그래, 무릎 꿇어 오랜 세월을 살아온
눈먼 어미 같은 산일지라도

한 번쯤은 떠나고 싶을게다
늘 바라만보는 저 강물 따라서.

어느 기쁜 날

양지바른 언덕에
네 구두 발자국 소리가 반갑겠지?
그날엔 멀리 떨어져 살고 있는 누나들도 불러서
셋이서 손잡고 함께 오려므나
세상 일이 바빠서 그 날을 기억하기조차
어려울 수도 있겠지만
노심초사 날마다 자식들과 이웃들의 평안을 빌며 살던
어미의 기다림도 그리 쉬운 일이 아니었음을
아마 너는 알고 있을게다
사철 내가 누워있는 곳을 지키고 있는 고마운 바람도
가슴 속 깊이 한껏 들여 마셔보고
살짝 놀러왔다가 내가 심심할까봐 돌아갈 줄 모르는
질경이며 쑥부쟁이도 사랑스런 눈길로 한 번 쓰다듬어주렴

촛불 두 개 나란히 정갈한 방
'내가 그를 알기 전 날 먼저 사랑했네.' 익숙한 가락 함께
'그가 나를 푸른 풀밭에 누이시며 쉴 만한 물가로 인도하
시도다.'

너희들 목소리 합치고, 함께 온 이들 더불어
목청껏 불러다오
설레는 기쁨으로 귀 기울이고 있을테니.

일이 바빠 쉬이 헤어지자는 말은 말아다오
에미 곁에서 그저 하룻밤 푹 쉬고서 떠나거라
무슨 주식이 올랐는지, 어떤 아파트가 살기 좋은지
누가 출세를 했는지, 누가 부자가 되었는지
어느 도시에 지진과 기근이 일어났는지
어느 나라에 전쟁이 아직도 진행 중인지
이 시간만큼은 잊어버리자

세월의 근심도, 일용할 양식의 시름도
삶의 무게까지도 내려놓고 오늘 밤 만큼은
박달나무 윷가락 천정 높이 던져 올리며
도, 개, 걸, 윷, 모…… 앗싸!
깔깔깔 마냥 신나게 웃는 모습을 보게 해주렴
자유처럼 허공에 잠시 머물던 윷가락

서로 부딪치며 제각각 쓰러지는
청명한 소리도 듣기 좋거니와
가끔은 나도 그렇게 놀고 싶었거든
나무토막 네 개가 돼지, 개, 양, 소, 말이 되어
윷판 위를 종횡무진 달리게 하며 결판지게 놀다가
이승삼판 아이스크림 내기로 마무리하고는
한 숨 곤히 잠이 듦으로 오늘의 엄마마중은
끝이 날 듯 싶구나
얘들아 고맙다
그럼 안녕.

4부

鶴立老石

오래된 바위 위에 학이 앉아

학립노석

축복

언젠가 신문에 난 사진을 보며
이런 일도 있구나
부러웠는데
바로 오늘 바로 나의 일이 되다
아들의 성실 끝에서 만나는
이 기쁨

섬광처럼 지나간 꿈
어두운 기억의 밑바닥에서 꺼내어
녹을 닦아 반짝이게 하시는 그 분의
성실하심.

※ 2004년 9월 아들 강원이 연세대학교 법과대학 최우등생으로 뽑히다.

출가

이 땅의 모든 아들들과 똑같이
내 아들도 3cm길이로 머리를 자르고
오늘 아침 논산 훈련소로 갔다
다른 이들의 아들들처럼
서투른 몸짓으로 경례를 하고 군가를 불렀다
구령 따라 움직이는 아들의 모습에
나도 다른 엄마들과 똑같이
눈물이 핑 돌고 가슴이 울렁거렸다
어미인 내 눈에도 천상 훈련이 필요한 아들인데
항차 그 분의 눈으로야

돌아서는 발걸음 천근으로 무거울 때
그 분은 천사 하나 보내어 평안을 주신다.

※ 2005년 4월 7일 아들 서강원 나라의 부름을 받아 입대하다.

이웃 하늘

아들의 옷도, 책도 휴대전화도 모두 맥없이
나처럼 기다리는 입장이 되었다
그가 공부 중에 있을 때도 늘상
휴대폰은 꺼져 있었지만
그래도 하루가 끝나기 전에는 보게 되리라고
이러쿵저러쿵 문자라도 날렸는데
이제는 수신자는 없고,
곁에는 차가운 금속의 빈 수신처만

그러나 곰곰이 생각해보니
예서 논산 훈련소는 서울보다 훨씬 가까운 거리
그러니까 아들은 바로
내가 숨 쉬는 도시 이웃의 하늘 아래서
도를 닦고 있는 셈이다
문득 온기가 통하는 공간.

소포

연병장에서 헤어진 지 꼭 일주일
붉은 칼과 녹색 철모의 '호국이'가 선명한
육군훈련소 마크 옆에
입영장정소포라고 쓴 상자가 도착했다

이 소포물은
귀댁의 자제가 입영 시 착용했던 의류들입니다
정병육성, 총력안보,
간첩신고 및 대공 상담 전화번호도 서슬이 퍼렇다
보내는 사람, 충남 논산시 연무읍 금곡리 사서함 76-15호
낯익은 글씨의 아들 이름과
그의 생년월일, 입영일도 함께 왔다
상자의 마지막 메시지가 차갑게 쏘아 본다
— 위 주소로 서신연락 불가

가지런히 개켜진 서너 가지
그의 체온이 묻은 옷가지와 운동화
잘 지냅니다. 걱정 마세요^^ 사랑합니다

조그맣게 쓰인 아들의 말이 가슴에
막내의 몸짓으로 안긴다
가장 평범한 서술어 몇 마디가
이렇게 따뜻하고 큰 위로가 될 줄이야.

가을 햇볕

보아도,
보아도 사랑스런 게 문제였다
갑자기 쌀쌀해진 날씨
새벽외출을 서두르는 그를 바라보는데
슬몃 문이 닫힌다
흠칫 움츠러드는 모성母性

다 큰 아들이 어린애처럼 여겨짐이 싫다고
아직도 부모의 사랑을 모르는 철부지라고
둘의 가슴에 똑같이 박힌 화살
어느 때 보다도 아픈 상처를 베개로
에미는 풀잎처럼 눕는다

두어 시간, 잠에서 깨어나
한결 부드러워진 공기가 들숨으로 고맙다
다시 그의 얼굴을 대하기도 전에
이미 나는 그를 용서하고 있다
지나간 세월 내 어머니께서

수없이 내게 그러하셨을 것
아, 뒤늦게 간절히 먼 용서를 빈다

무겁게 젖은 마음 내어 말리고 싶은
순해진 가을 햇볕 너른 품
남쪽 창에 따숩다.

썰물

사랑해요. 하지만 안녕
돌아서서 가다가
되돌아와
사랑해요. 하지만 안녕
저만큼 달아나다간 또다시 돌아와
내 손을 꼭 쥐고는
이젠 정말 가야해요
그러나 뿌리치고 돌아서 아주 가버리지 못하고
가다가는 돌아오기를 얼마나 여러 번 반복하며
어렵사리 이루는 별리
그렇게 지금은 떠나야 하는 시간이지만
때가 되면 지친 몸 이끌고 돌아와
활짝 연 가슴으로 따듯한 눈길로
사랑해요. 정말
꼭 그렇게 고백할 것을
나는 믿는다
아들아.

겨울 밤

날씨가 많이 차구나
돌아갈 집이 있으면 그래도 마음은 춥지 않는 법인데
객지에서 때에 밥이나 잘 먹는지……?
춥지?

이럴 땐
집이 있어도 지닌 가난만큼만 방을 덥힐 수밖에 없는 사
람도
같은 하늘 아래 산다는 걸 잊지 말려무나
밤늦게까지 언 발을 동동거리며 남은 실험을 마저 하고
퇴근해야하는 연구원도 있고,
영하의 어둠 속에서 아직도 손님을 기다려야
내일 목구멍에 밥을 넘길 수 있는 군밤장수도 있단다.

사랑하는 아들아,
그래도 이 겨울의 추위를 견딜 수 있는 힘은
당신들의 추위보다 자식들의 추위가 더 마음 쓰여
기도를 쉬지 않는 늙은 부모들의
따순 입김 때문임을 생각하려무나.

운명

우리는 모두 누군가의 자식으로 태어난다
누군가의 형이고 동생이며
나라의 국민이지만
일용할 양식을 구하려면
우리는 다 무엇이 되어야만 한다
포기할 수 없는 생명의 숙제다

어떤 이는 태어난 지 겨우 다섯 해를 넘기고
가수가 되어 강산이 네 번씩이나 바뀌었어도
여전히 가수로 살고 있지만
어떤 이는 똑같은 지천명의 세월에도
아직 무엇이 되고자 안간힘을 쏟고 있는
인생도 있다

이처럼 무엇이 된다는 건
운명이라고 쉽게 말하지만
아니다
이립의 고개를 넘으며

목표를 향한 집중의 질과 양과 무게이며
몰두하는 시간의 길이와 깊이와 높이가
그 운명을 만든단다

사랑하는 아들아,
온종일 시험을 치르던 날
내게 날린 문자처럼
머리와 다리에 쥐가 날만큼
구토가 나고, 허리가 끊어질 듯
날마다 시간마다 전력질주를 한 사람만이
원 없이 최선을 다한 그 사람만이
이렇게 말할 수 있다

하쿠나마타타
다 잘 될 거야.

안식

동굴처럼 적막한 어둠 속에
복숭아 빛 창문

자정을 넘긴 세상
마치 이어 쏟아지는 소나기처럼
목 놓아 울며울며 멀어져가는 자동차들의
끊임없는 소음으로
불면에 시달리는 도시를 불쌍히 여기면서
그대는 느린 걸음을 멈추겠지

비밀스레 여섯 자리 번호를 맞추고 들어와
자리에 누워 눈을 감고
밤마다 피로한 육신을 달래고
밝은 내일을 기다리며
날마다 소망을 가다듬는 곳
두 팔 벌려 너울너울 세마춤*을 추듯
영혼아, 이 밤도 편안하고 편안할지어다

이른 아침 몰래 숨어
무거운 발걸음으로 떠나는 사랑을
다시 한 번 내려다보며
하루치의 안녕을 간절히 빌던
남쪽의 너른 유리창
단정히 드리운 하얀 커튼 너머
기다림처럼 그리움처럼 환한
복숭아 빛 등불

따스한 평화 속에
그대가 있고 내가 있어 비로소
우리들의 안식은 완성.

* 터키의 종교 춤 수피댄스

겨울내기*

빛나는 보석으로
희망찬 망아지로
듬직한 황소의 모습으로
서로 다른 모습으로 느끼며
우리는 많이 기다렸다
참 고운 눈이 온 천지를 덮은 순백의 날
햇빛은 더욱 눈부셨다
하늘에 떼를 써 세상으로 내려온 너를
우리는 황홀한 기쁨으로 맞았지

여러 겹의 겨울을 지나
다시 돌아온 이 겨울
사랑의 괴로움과 세상의 추운 슬픔들을
너는 문 닫고 잠그며 애써 감추려하나
문틈 사이로 새어나오는 연기 같은 한숨만으로도
내 가슴의 모세혈관은 터져버려
흐르는 붉은 피 영혼까지 적셔버려
마침내 기도는 흐느끼며 강물로 숨어버려

우리는 멀리서 서로를 외면하며 울고 있구나

그러나 감사하게도
단단한 얼음장 밑으로도 겨울 해는 녹아 흐르고
희미한 겨울 볕으로도 꽃은 피어나
우리들의 가슴은 온기가 차오르니
사랑아, 세상이 아주 춥지만은 않은 곳이다
눈물을 닦고 가슴을 펴라
곧 수많은 꽃 더불어 봄 찾아 올테니
겨울이 추운만큼 꽃들은 더욱 화사하리니.

* 겨울에 태어난 사람

세모^{歲暮}소망

바람이 점점 투명한 얼음을 도모하고
슈베르트의 겨울나그네*1가 가슴 속 깊이 가라앉는
도시의 밤

보이지도 않는 긴장의 늪으로 빠져드는
생경스런 내가 싫어
보신각 송영送迎의 종소리도 피한 채
창공의 별처럼 캄캄한 잠의 위로에 숨다

어느덧 장성하여 아이는 어른이 되었건만
지난 날 내 안에 있었던 그때보다 훨씬
더 교감이 잘 되는 예민한 아픔으로
우리는 속절없이 피 흘리는 시간을 모으고 있다

하루에도 몇 번씩 신들메*2를 조이나
무거운 피로에 짓눌린 메마른 눈물이 슬프다
그래, 고지가 바로 저기야
쓴웃음을 지으며 서로 말을 아낀다

풀무의 단련을 견디어내고 정금처럼 빛날
아, 봄이 오면
우리에게도 고운 꽃이 활짝 피었으면 좋겠다
그제야 비로소 우리의 새로운 해는 시작되고
이 땅에 우리 생명을 보내신 그 분에게도
너와 나를 있게 하신 많은 분들에게도
꽃향기 같은 기쁨을 돌려드렸으면 좋겠다.

*1 낭만파시대 음악가 슈베르트의 연가곡집
*2 신발이 벗어지지 않게 하는 끈

오늘

하늘과 땅이 축복으로 맞닿아 있고
숨 쉬는 공기마저 달다

어쩌면 내일
바람 불고 비 내릴지라도

오늘,
햇빛은

감출 수 없는 기쁨으로
굿거리장단에 춤을 추며
노래 부르라 한다.

5부

玉泉有情

맑은 샘물엔 정이 넘쳐서

옥천유정

칠순을 맞는 어머니께

어머니, 고맙습니다.
2남4녀 여섯 아이들 고스란히 키우시어
오늘 이 자리에 다 모여
어머니의 일흔 번째 생신을 축하드릴 수 있는
복된 기쁨을 누릴 수 있게 해주시니.
또한 어머님과 함께 동고동락 반백년 너머를
함께 지나오신 우리 아버지
정말 고맙습니다.

적지 않은 나이 스물여섯에 출가해서
나 같은 큰딸을 기르기 스물세 해,
어른들 말씀에 첫아이를 딸로 낳으면
살림밑천이 된다고들 했지만
평생을 학교에서 학교로 맴도는 엄마의 큰딸은
결코 당신의 살림밑천이 되지 못했음을
머리에 흰 머리칼을 이고서야 깨달으며
송구스런 마음 어찌 할 바를 모르겠습니다.

서른 고개를 갓 넘어 둘째딸을 낳고는
그 옛날 딸을 내리 셋 낳으셨던 당신의 괴로움이
얼마나 무거우셨을까 눈물이 났습니다.
그리고는 당신께서 막내를 보셨던 연세에
둘을 더 보태었을 즈음에사
그것도 어머니의 간절한 기도에 힘입어
아들을 낳았던 서른다섯,
여자로서 숙제를 벗은 홀가분한 마음으로
어머니의 따순 손을 잡았습니다.

그러나 어머니
부모의 길이 이렇듯 천형처럼 아픔인 것을,
날마다 시간마다 생살을 도려내는 쓰라림인 것을
지천명의 길에 주저앉아
내 어머니의 아픔을 헤아려봅니다.
어머니, 정말 죄송합니다.

지극히 청빈한 교육자의 아내로서 걸어오신

어렵고 고단한 긴 세월 속에서도
변함없으신 맑고 푸른 당신의 웃음소리는
진정 집안에 생기를 불어넣는
우리의 믿음이고 용기이십니다.

"얘, 나는 하도 바빠 몸져누울 새도 없었다"
하시며 회갑을 넘기시고선
느닷없는 맹장 수술, 어깨 깁스, 교통사고까지
세 번씩이나 입원실에 누우셔도
"에미야, 아무래도 내가 아픈 이들을 위한 기도가
부족한가보다" 말씀하시는 당신은
천상 하나님의 어여쁜 따님이십니다.
늘 약골이신 아버지의 반려로서,
민들레처럼 날아가 제 보금자리들을 가꾸고 있는
육남매의 어머니로서
퍼내도 퍼내도 마르지 않는
기도의 샘물, 사랑의 샘물로
자식들과 이웃들의 영혼까지 넉넉히 감싸주시는

내 어머님

이제는 은혜롭고 기쁜 세월만 건느소서.
부디, 주님의 축복 가득하소서.
강건한 천세를 누리소서.

(1997년 정월 당신의 큰딸 월로 드림)

팔순을 맞이하신 아버지께

아버지,
세월이 참 빠르지요?
막내가 벌써 불혹을 한참 넘겨버렸네요.
고당에 부모님이 계시기에 애써 흰머리를 감춰 봐도
눈가의 주름은 어쩔 수 없는 여섯 남매의 맏이인 제가,
지천명의 내리막길에서도 마음만 먹으면
달려가 안길 수 있는 아버지와 어머니가 계시니
참 행복합니다.

아버지,
당신이 기르신 자녀의 반 밖에 안 되는
세 아이들을 키우면서
세상에서 부모노릇이 가장 어려운 길임을
달마다 해마다 깨달으면서도
돌아서 부모님의 마음을 헤아리지 못하는
아직도 철없는 맏딸을 아버지 용서해주세요.

아버지,

선생을 천직으로, 청빈을 낙으로 살아오신 당신 곁에서
가난한 아버지가 싫었던 십대의 세월도 있었고
그런 아버지를 이해하기 어려웠던 어리석은 이십대도
청빈 대신 청부淸富할 수는 없는 것일까
고민했던 저의 삼십대가
시간의 그림자 속에 숨어있었음을 이제사 고백합니다.

하지만 아버지,
맹자가 아니어도 사람을 가르치는 일이
얼마나 복된 일인가를
아시는 당신께서는 맏딸과 둘째 그리고 맏아들에게
교단에서 가르치는 즐거움을 물려주셨습니다.
결코 넉넉하지 못한 생업, 부족하고 불편한 세월 속에서도
사람이 사람답게 사는 길이 무엇인지를 우리는
가르치면서 배웠답니다.
아버지, 고맙습니다.

아버지,

우리가 어렸을 때 아버지 허리와 다리를 주물러드리려면
단단한 아버지의 살에 마주치는 제 손이 아팠었는데
지금은 제 몸무게만큼도 미치지 못할 만큼 가벼운 아버
지의
얇은 어깨를 주물러드리려면 어쩔 수 없이
가슴속에 흘러내리는 눈물을 닦아냅니다.
아버지, 많이 잡수셔야지요,
그리고 더욱 건강하셔야 해요.

사랑하는 아버지,
육 남매, 네 사위, 두 며느리, 열 세 손주들
그 어떤 자손도 놓으면 떨어질세라, 불면 날아갈세라
밤마다, 새벽마다 스물다섯 그 이름 불러가며
기도의 고삐를 놓지 못하시는 우리 아버지, 우리 어머니의
뜨거운 기도 속에서 누리는 하늘의 축복
그리고 신앙의 신비……
우리들의 영원한 스승이신 아버지와 어머니께도
성부 성자 성령, 삼위 하나님의 크신 축복

늘 함께 하시기를 우리도 매일 매시간 기도드립니다.

아버지,
힘내세요. 그리고 오늘 활짝 웃어주세요.
우리 구세주 예수님 덕분에 여든 해 세월이 꿈같았었다
고,
하늘 아버지께서 주신 당신의 육 남매, 너희들 때문에
나도 참 행복했었노라고
얘기해주세요.

(2004년 3월 18일 육남매를 대표해서
당신의 맏딸 월로 드림)

목사님, 우리들의 아버님

— 이내강 목사님 은퇴식에

우리는 참 행복했습니다

미물이 다 잠든 미명, 어둠과 맞서 준비하시는
푸른 초장, 잔잔한 시냇물은
언제라도 푸르고, 맑고, 시원한데
달고 오묘한 말씀들 지팡이와 막대기 되어
사랑하는 양들 데리고 거니시는 우리들의 목자
마음만 먹으면 쉽게 주님을 만날 수 있을 만큼
우리는 늘 행복했습니다.

아주 옛적 이스라엘, 지성소에 들어가 제사를 드리다가
아차, 하나님의 뜻을 어겨 쓰러진 제사장이 계셔도
아무도 감히 들어갈 엄두조차 못 내고,
방울 매달린 긴 끈 잡아당겨 장사를 지낼 만큼
두려웠던 예배였는데
생활에 찌들고 지친 영혼들 모여 드리는 우리들의 예배는
졸며 졸아가며 골수를 찌르는 말씀마저 흘리고 외면해도
믿음으로 살아가는 일 무엇보다 마음이 편해야 한다고

허허롭게 웃으시던, 끝이 안 보이도록 속 넓은 아버님
우리는 생각도 없이 행복했습니다.

이순을 넘기시고도 짧은 하루를 또 쪼개시어
배움의 즐거움을 잃지 않으시는 당신은
그 나라 사람들도 평생 다 알 수 없어 한이 된다는
언어를 공부하시며
불쌍한 한민족의 잃어버린 영혼을 찾아
하얼빈을 넘나드시는 당신은,
북에 두고 온 가족 없어도 때마다 기도마다
통일을 간구하시는 당신은,
이른 비와 늦은 비를 주시어 만물을 가꾸시는 하나님과
함께 일하시기 좋아하셔서 무엇이든 심고, 기르시고
가꾸시는 당신은,
잎사귀로, 줄기로, 열매로, 먹이시며 기르시는
천상 우리들의 목자님
우리 남부 식구 중에 가장 젊은 청년이셨습니다.
요즘 보기 드문 특별한 고희의 청년 옆에서

우리들은 또한 행복했습니다.

존경하는 아버지, 우리 목사님
성경의 행간에 숨어있는 진리마저도 용케 찾아
일러주실 때마다
어쩌면 똑같이 써있는 말씀을 읽으면서도 왜 몰랐을까
놀라움에 무릎을 치면서도
그 진리대로 살아가는 일에는 어쩔 수 없이
게으른 다섯 처녀들인 우리들을 꾸짖지도 않으시고
감싸 안아주시던 가슴 큰 아버님
우리는 정말 행복했습니다.

참으로 좋은 목자이신 우리 목사님,
강산이 두 번이나 변하는 동안에도 우리는
밝은 진리 안에서
깊은 믿음과 소망 안에서
투명한 사랑 한 가운데서
참 행복했습니다.

남부의 푸른 초장, 잔잔한 시냇물은
당신이 계시기에 더 푸르고 더 잔잔했는데
이제는 더욱 가까이 곁에 앉아 계실 터이니
추운 우리들의 손과 발, 차가워진 마음조차
쉬 녹일 수 있겠습니다.
부디 강건하시어, 영원한 청년으로 우뚝 서시어
푸근한 그 웃음소리 날마다 들려주세요. (2004. 5. 16)

아름다운 이

서두르지 않고 모든 것이 서서히
완성을 향하여 나아가고 있습니다

고향 큰집 고래실 논 노을빛 눈부실 즈음
뒷산 알밤들 곤두세우던 가시 철갑을 포기하고,
희고 붉은 제 꿈을 가늠할 수 없는 석류나무 곁으로
아직은 때 이른 홍시 시도 때도 없이 열반에 드는
지금은 가을입니다

소소로운 빗줄기 자주 먼 강물 속에 숨어
점점 서늘해지는 둑길
잠시 멈춰 서서 뒤돌아보아요
걸어온 길 그래도 많이 아프지 않았습니다

또한 그대 서두르지 않고
완성을 향하여 걸어갈 것입니다
천천히.

※ 2008년 8월 31일 남편 서영석 님 오랜 공직생활에서 물러나다.

날개

오늘도 비상飛翔을 꿈꾸며
너는 날개를 만들고
새기고, 다듬고, 엮고
다시 닦아내고

섬세하고 투명한 혹은
화사한 원색의 날염으로 혹은
온유와 겸손으로 닦이어 순백으로 빛나는
또는 보다 높이 그리고 기쁨으로 날아오르는
곱고 건강한 너만의 날개

잠자리, 호랑나비, 비둘기
또는 도요새처럼
오래오래 기다리던
볕 좋은 어느 날
찬란히 비상할 너의 모습은

날마다, 해마다 고쳐 그리는

내 생의 소묘.

※ 2009년 10월 3일 큰딸 혜원은 그의 딸 윤지와 함께 프랑스로 날아갔다.
그녀는 프랑스 국립과학원(CNRS)소속 스트라스부르흐 대학의 교수로 재직
중이다.

노랑 장미

어떤 꽃들 속에
묻혀 있어도 너의 모습은
금방 눈에 띈다

수많은 장미꽃들 속에
숨어 있어도 너의 모습은
내게 금방 들켜버린다

수줍은 듯 대담한
도도한 듯 다정한
노랑 장미.

※ 2012년 2월 21일 충남대학교 수의과대학 교수로 엄마 곁에 온 작은딸 경
원은 내 마음 속에 피어있는 노랑장미다.

우리

불휘 깊은 나무
긴 기다림
외곬의 정情
단순 속에 갇혀 움튼 무지한 결벽
늘 돌이켜 사랑하는 마력

매일처럼 끝이 보이고
그래도 정말 끝은 아득하다

미운 정 다음에 고운 정
이제 사랑이란 말은 없이
사랑 그 자체만 안개지어 다니는
침착한 밤
비둘기 나는 새벽

언제라도
곶 둏고 여름(實) 하나니(多).

※ 2012년 12월 20일은 남편과 내가 결혼 한지 꼭 40년이 되는 날이다.
　이 시는 나의 졸서인 첫 번 시집 <나무 오른편에서>에 실렸던 작품이다.

우리 교회가 좋다
― 남부교회 창립 60주년에

나는 우리교회가 좋다
아리따운 아가씨들과 풋풋한 청년들
아빠와 아들, 딸과 엄마, 언니와 동생도
함께 목소리를 합치고
지휘와 노래 혹은 악기를 연주하는 가족들
순전한 음성, 온전한 화음으로
영혼의 찬양을 올리는 부부들의 정성
그런 우리교회 성가대가 좋다

이 나라를 버티어온 저 등굽은 조선소나무들의
얽히고 설킨 깊은 뿌리처럼
몇 겹인가 우리교회를 감싸고 있을
그 단단한 기도의 스크럼(scrum)처럼
듬직하게 앞자리를 지키고 계신 어르신들의
흔들림 없는 믿음과 오랜 지혜의 온기가
회중의 공기를 따뜻이 감돌게 하는
그런 우리교회 예배가 좋다

나는 우리교회가 참 좋다
예배가 끝나면 아장아장 아기들
한 주일에 한 번씩 그리운 외할머니와
그 할머니의 어머니인 왕할머니 품에
와락 안기는 싱그런 모습들을 볼 수 있는
그런 우리교회 3층 계단이 좋다

형님여선교회와 아우여선교회 회원들이
주방에 나란히 서서 환한 웃음을 담아
뜨건 국을 푸고 나물을 담고,
널따란 싱크대에서 눈 마주치며 설거지하고
한 상에서 얘기꽃을 피우는 부모님내외와 아들내외
맛좋은 밥냄새 사람의 향기 가득한
그런 우리교회 식당이 좋다

나는 우리교회가 정말 좋다
아이 어른 누구를 만나도
긴 여행에서 돌아온 내 식구처럼 반가운

우리 성도들
우리 주님이 눈동자 같이 돌보아주시는
크지도, 작지도 않은 그런 우리교회가 좋다

주일학교를 다니던 어린이가 자라
학생부에서 성경공부를 하고
청년부에서 더 좋은 반분을 만나 살면서
바이올린의 떨림이 고운 딸의 엄마가 되고
더 많은 엄마집사, 권사님들 더불어
하늘로 올리는 찬양의 소제素祭 성실하게 버리는
그런 세월이 여무는 우리교회가 좋다

나는 우리교회가 좋다
한반도의 온 산이 벋어내린 백두대간처럼
지구촌 곳곳으로 벋어나간 믿음의 산맥들 굳건하고
사방의 시냇물 모여 이루는 큰 강물에
늘 새로운 물줄기 흘러들어 함께 흐르듯
사랑으로 어울리는 심령, 심령들의

손잡음과 조화가 아름다운 성령의 동산
이런 소중한 만남의 우리교회가 좋다.

여섯 번 강산이 변하는 동안 열두 분의 목자님들
네 번씩이나 성소를 옮겨
일구고 가꾸는 동안에도 한결같이
푸른 초장과 쉴만한 시냇물가로
한 생명 한 생명 정성으로 인도해주시는
이런 우리교회가 좋다

나는 우리교회가 참 좋다
보이는 곳, 보이지 않는 곳에서 오늘도 여전히
이웃을 위하여 따뜻한 사랑과 기도를 나누며
성심을 다해 성도들을 섬기고 교회를 아끼는
그런 착한 사람들이 많고 많아서
신령과 진정으로 드리는 예배가 가슴 벅찬
갑년의 아침,
다시 새롭게 열리는 우리들의 새 예루살렘
아, 나는 이런 우리교회가 너무너무 좋다. (2008년 10월)

가장 낮은 자가 되셨으니

촛불을 들고
스스로 촛불이 되어
주님 걸으신 붉은 길을 따라
양들의 한가운데로 들어 오셨습니다
당신의 모든 것을 양들에게 주시는
착한 목자가 되실테지요?

알베르또, 네가 어디 있느냐?
그분이 부르실 때면
언제라도 오늘처럼 그렇게
맑은 목소리로 대답하시겠지요?
"예, 여기 있습니다."

정결한 무채색 제의를 입고
진주빛 진리의 띠를 띠고
세상에서 가장 낮은 자 되어
땅에 엎드리셨습니다
어떤 생명이라도 그렇게

아끼며 섬기시겠지요?

그렇습니다.
사랑은 오래 참습니다.
'아버지께서 그대 안에서 오늘,
좋은 일을 시작하셨으니
친히 그 일을 이루어 주실 것입니다.'

하늘의 은총이,
어머니의 간구가,
성령의 도우심이,
그대 안에 늘 충만하소서.

※ 2006. 1. 10 문우 남상숙 님의 아들 이강우 사제의 사제서품식에서

별리

— 법정스님

봄볕이 몹시도 시무룩하다
남쪽 솔숲*[1]에서 떠나는 그 분에게도
봄은 이렇게 조용히 안녕을 말하겠지
언제나 거기 계셨기에
긴히 보고 싶은 마음 없이도 늘 나는
그 분을 보았다

한 번도 손잡은 일 없고
한 번도 눈 마주친 적 없지만
고백컨대 실은 날마다 만난 셈이다
말씀으로만 만나도
오래된 친구처럼 익숙해서 늘 반갑고 정겨웠다
사분사분 낮은 목소리로
바로 내 옆에 앉아있거나 서계신 것처럼

영혼으로부터 울려나오는 모음으로*[2] 시작된
사려 깊은 그분의 언어는
소유 하지 않음*[3]이 진정한 소유임을 눈뜨게 해주었고

침묵이 바탕이 되는 말*[4]만이 참말임을 가르쳐주셨다
사람이 물 데 설 데*[5]를 구별하여 살아야 하는 것처럼

물소리 바람소리*[6] 더불어 사는 그 산 속에도
산에는 꽃이 핀다고*[7] 무심히 화두를 던지시더니
산속에서의 망중한을 산방한담*[8] 으로
궁거운 우리들의 마음을 헤아리시다가는
텅 빈 충만*[9]으로 가슴 벅찬 기쁨도 새어나오고
홀로 사는 즐거움*[10]도 자분자분 산을 걸어 내려왔다

늘상 서있는 사람들*[11] 서로의 시선마저 너무 멀어져
편지다운 편지가 사라져버린 요즘 세상에
호젓한 오두막에서 보내신 그의 편지*[12]는
그 분을 친구로 여기는 많은 이들에게 부치는
마음 따뜻한 선물로 주시고
무자년戊子年어느 날 서둘러
아름다운 마무리*[13]를 준비하시다

전심전력으로 힘써 일 한 후
땀 젖은 속옷 갈아입듯이
습관처럼 가볍고 가볍게
시간과 공간을 미련 없이 버리시는 오늘
뜻밖으로 나의 슬픔은 가슴에서 요지부동이다

너무나 맑고 올곧아서
숨어있는 덕성조차 창공처럼 짙푸른 색이려니 싶은
갸름하고 단정한 얼굴
폭 좁은 널평상 위에 붉은 가사 한 장으로 숨긴 채
다 버리고 떠나시는*[14] 그 길
새들 많이 남아 적막하지 않는 숲을*[15] 지나
소맷부리에 스치는 바람 떨치며 표표히 걸어가실
보이지 않아도 보이는 그 분의 자태

일기일회*[16] 충실히 영근 자음과 모음들이
서로 어깨 부딪치며 엎드리는데
햇빛의 질량도 오늘은 그 어떤 원소보다 무거운 듯

힘겹게 눈을 뜨고
야단스럽지 않은 봄볕
온 세상에 침묵으로 내려앉다.

*1 전남 순천 송광사 2010년 3월 12일 11시 법정스님의 다비식 엄수
*2 『영혼의 모음』 법정 수필집 제목에서 1972
*3 『무소유』 법정 수필집 제목에서 1976
*4 『말과 침묵』 법정 수필집 제목에서1982
*5 물러설 곳과 나설 곳
*6 『물소리 바람소리』 법정 수필집 제목 1986
*7 『산에는 꽃이 피네』 법정 법문집 제목에서 1998
*8 『산방한담』 법정 수필집 제목 1983
*9 『텅빈 충만』 법정 수필집 제목 1989
*10 『홀로사는 즐거움』 법정 수필집 제목 2004
*11 『서있는 사람들』 법정 수필집 제목에서 1978
*12 『오두막 편지』 법정 수필집 제목에서 1999
*13 『아름다운 마무리』 법정 수필집 제목 2008
*14 『버리고 떠나기』 법정 수필집 제목에서 1993
*15 『새들이 떠나간 숲은 적막하다』 법정 수필집 제목에서 1996
*16 『一期一會』 법정 법문집 제목에서 2009

※ 2010년 3월 11일 법정 스님 속세를 아주 떠나 열반에 드시다.

동행

가난의 뿌리에서 태어난 고통의 줄기는

나날의 이파리마다 괴로움의 숨을 토하게 했지

불행의 담금질 속에서도

용케 버티어 온 삶의 의지는

세상을 향해 시나브로 마음을 열게 했어

흔히들 행복은 찾는 게 아니라 만드는 것이라지만

내 고통의 땅에서 바라보는 하늘자락

행복의 별들은 뚜렷이 너무나 잘 보였어

만나는 이마다 그것을 나누어주기에도

바쁜 시간들이었지

산과 강이 여섯 번 변하면서 마주친 섬뜩한 통증

어둠보다 더 깊은 아픔을 온몸으로 견디며

행복의 이불을 개고 또 갰지

그러나 아픔은 얼마나 힘이 센지

때때로 목숨의 끈마저 흔들어댔어

그래, 언젠가 한번은 꼭 맞이해야 할 그날이라면

기다리지도 말고, 내맡기지도 말고

스스로 찾아가리라

아, 다시 올 수 없는 머나먼 길
그대 홀로 보낼 수 없네
참혹한 외로움 결코 감당키 어려울테니
우리 함께 떠남세
비록 아름다운 발걸음 아닐지라도
생명을 주신 그 분도
사람의 고통의 한계를 치른 분이시기에
눈 질끈 감고 동의해주실 것 같지 않아?

* 2010년 10월 어느 날 행복작가 최윤희 님 남편과 함께 세상을
떠나다.

독백

31세의 젊은 가수가 오늘 또 세상을 떠났다
스스로 선택한 포기에 가만히 부러움을 얹는다
능소화나 동백처럼 가장 아름다운 시절에
너는 가는구나
그래, 올 때는 마음대로 못 왔으니
갈 때라도 마음대로 갈 수 있어야지
낳고, 늙다가, 병들어, 죽는
굳이 그 순서를 따를 필요는 없을지도 모른다
그런데 사람아
눈부시게 아름답던 장미꽃들,
팔색조처럼 화려한 수국꽃들,
서둘러 봄을 탐하던 순결한 목련꽃들조차도
천천히 아주 천천히 울며울며 이별을 곱씹더라

모든 슬픔은 살아남은 자의 몫
종이를 자르던 가위를 손에 들고
나는 거울 앞에 선다

외줄의 목숨이 아닌 머리카락을 선택한 거지
자신의 귀를 잘랐던 빈센트 반 고호가 십분 이해될 때
썩둑 경쾌한 소리와 함께 쉽게 떠나가는 머리카락들
잠깐 결심을 묶고 생각해봐
그 어떤 일보다도 쉽지 않아?
마치 내 집 현관문의 비밀번호를 누르는 것처럼

단 하루의 삶도 세계평화만큼이나 쉽지 않기에
산다는 것은 귀한 일이지. 안 그래?

※ 또 젊디젊은 대중가수 한 사람이 목숨을 끊었다는 소식을 읽고 슬퍼져
나는 가위를 들고 머리를 잘랐다.

아들에게 바치는 어머니의 노래
— 윤월로의 『오늘, 그 축복의 노래』

정 순 진(문학평론가)

1. 주례사(?)를 하련다

비평활동을 시작할 무렵 지역에 사는 사람으로서, 평가될 기회조차 갖기 어려운 지역 문인들의 작품을 성실하게 읽고 평해야겠다는 마음과 그 중에도 특히 이중으로 소외되어 있는 여성 문인들의 작품에 눈길을 보내야겠다는 마음을 가졌었다. 하지만 다른 장르와 달리 비평은 자발적인 경우보다 청탁에 의해 쓰게 되는 경우가 많다보니 이런 마음을 실행에 옮기는 게 쉽지 않았다. 또한 비평의 형식도 문제가 되었다. 시의 경우 시집으로 묶일 때 시집 해설에서 비평가의 시선을 받게 되는데 해설은 객관적인 비평이라기보다 기본적인 이해와 주관적인 해석이 시인과 해설가의 친교관계와 버무려지기 쉽기 때문이다. 그러다 보니 지역

문학계에서 이루어지는 비평은 주례사비평이나 품앗이비
평이 많아서 그래서는 안 된다는 지적을 여러 번 했다.

그런데 살다보니 진짜 주례사(?)를 하게 되었다. 이십 년
이나 가깝게 지낸 윤월로 시인이 아들 혼사를 기념해 시집
을 낸다며 시집해설을 부탁했기 때문이다. 의례는 창조적
이기 어렵다. 오죽하면 '의례적'이란 말이 있지 않은가. 이
미 의식의 절차가 정해져 있기 마련이다. 의례적인 걸 못
견디는 나로서는 되도록 의례적인 일에 가담하지 않는 걸
원칙으로 삼아왔다. 생활에서도 그렇지만 글과 관련해서는
더더욱. 문학의 순정주의나 엄숙주의의 세례를 받으며 공
부한 의식의 잔재인지도 모른다. 윤 시인은 나의 그런 경계
를 무너뜨리는 소임을 맡은 모양이다. 기쁜 마음으로 주례
사 같은 축사를 하겠다는 마음을 밝힌다는 게 말이 길어졌
다.

이번 시집은 5부에, 각 부마다 12편의 시가 배열되어 총
60편의 시로 이루어졌다. 각 부의 이름은 좀 생뚱맞다 싶게
한자로 표기했다. '因緣生起', '惠風生氣', '上善若水', '鶴立
老石', '玉泉有情'. 우리 세대로서야 어려운 한자는 없지만
요즘 워낙 한자를 기호 보듯 하는 젊은 친구들에게는 이마
지도 어려울 테고, 읽을 수 있느냐 없느냐를 떠나 이 한자어
를 풀어쓴 우리말이 훨씬 아름답고 쉽다. '인연으로 생겨난
나의 둘레는', '은혜의 바람으로 새 기운 돋으니', '가장 좋은

것은 물과 같아서', '오래된 바위 위에 학이 앉아', '맑은 샘물엔 정이 넘쳐서'. 윤 시인 역시 우리말이 더 아름답다는 걸 모를 리 없다. 그런데 왜 굳이 한자로 표기했을까? 1부는 윤 시인과 인연이 맺어진 가까운 주변 사람을 대상으로 쓴 시들이고, 2부는 독실한 기독교 신자인 시인의 신앙고백적 시들이고, 3부는 물의 속성으로 파악한 선하고 좋은 것을 시화한 것이고, 4부는 아들 강원 군과 관련된 시편이고, 5부는 혈연을 포함해 윤 시인과 정을 나눈 사람들을 대상으로 쓴 시들을 묶었다.

의문을 가지고 보니 4부 '鶴立老石'의 글자 구성에 눈이 간다. 아하, '老'는 윤 시인의 이름자 중 한 글자이고, '石'은 부군의 이름자 중 한 글자(음만 같을 수도 있겠다)이다. 그러니 윤월로와 서영석 위에 서있는 학은 아들, 서강원을 가리키는 것이다. 학은 장수를 상징하는 동물로 십장생의 하나이며, 고고한 선비를 비유하기도 해 조선시대 문관의 관복에는 학을 그린 흉배를 사용했으니 아들을 두고 부모가 바라는 기원의 원형이라 하겠다. 그런데 그냥 한글로 풀어서 '오래된 바위 위에'라고 쓰면 이 의미를 알릴 길이 없다. 그러니 지나칠 사람은 지나치더라도 눈 밝은 사람을 위해 생뚱맞은 걸 무릅쓰고 각 부의 이름을 한자로 표기했으리라. 실제는 내 추측과 다를 수도 있다. 하지만 독자의 권한에는 창조적 오독까지 포함되어 있으니 시를 대할 때 촉수를 이리 저리 뻗어 보는 게 무용하지는 않다.

이 60편의 시는 기록으로서의 성격과 노래로서의 성격을 함께 가지고 있다. 이제 그 시들을 만나보자.

2. 어머니의 딸, 어머니가 되다

우리 사회에서 여성은 남성보다 훨씬 자주 자신이 여성이라는 걸 상기하며 살아간다. 더구나 그 여성이 자식을 낳아 기르는 어머니라면 자기 에너지의 대부분을 어머니 역할에 쏟아붓게 된다. 우리 사회는 모성에 대한 사회 문화적 기대치가 너무 커서 여성은 곧 모성이라는 등식이 아무 저항 없이 받아들여지기도 했다. 이제 막 혼인하였거나 이제 막 어머니가 된 젊은 여성이라면 여성성과 모성성 사이에서 갈등도 하겠지만(혼인하지 않거나 아이를 낳지 않는 여성이 많아지는 것이 모성을 선택하지 않는 여성이 많아지는 사회적 증거이다. 이런 증거는 여성이 모성을 필수로 여기지 않고 선택으로 여긴다는 걸 의미한다.) 환갑을 넘기고 막내의 혼사를 앞둔 윤 시인 연배라면 모성을 곧 자신의 정체성으로 여기는 것이 보편적이다.

시집의 첫 시부터 세 번째 시까지 모성을 주제로 다루고 있을 뿐만 아니라 시집에 실린 대부분의 시에서 화자는 자식의 어미인 여성이다. 다음 시는 시집 첫머리에 실린 「어머니」 전문이다.

하루를 밝히는 건 태양만이 아니다
눈물로 닦고 또 닦는 근심이
어둠을 걷어내고
깊은 소원에 날개를 달아
새벽을 열고
목숨을 태워 오늘이 또 밝아온다

바람보다 먼저 눕고 일어서는 풀잎처럼
슬픔보다 먼저 슬프고
기쁨에 앞서 기쁘다

밟히고, 채이고, 뽑히고……
쇠잔해진 무릎
서럽도록 시달려도 이것이
내 몫의 아픔

쓰러져
자연으로 돌아간다 할지라도
나 서둘러 두엄이 되어
온몸 뜨거운 열기로 다가가
꽁꽁 언 너의 발을 적셔주마.

　이 시는 '하루를 밝히는 건 태양만이 아니다'라는 선언으로 시작한다. 해와 달의 운행으로 맞이하는 지구의 하루는 태양이 떠오르며 밝아지는 것이겠지만 우리가 어머니의 아들딸로 맞게 되는 하루는 어머니의 근심과 소원과 목숨으로 밝아진다는 것이다. 태양이 자신을 태워 빛을 내듯이 어머니 역시 목숨을 태워 하루를 연다. 그러면서 어머니는 '슬픔보다 먼저 슬프고 기쁨에 앞서 기쁘다'. 1연과 2연은 우리 사회에서 기대하는 모성의 속성이기도 하고 시인이 바람직하게 생각하는 모성이기도 하다. 3연은 보다 구체적이고 현실적인 어머니의 모습이다. 한마디로 뭉뚱그리면 '아픔'이지만 그걸 구체화하는 시어는 동사이다. '밟히다, 채이다, 뽑히다, 쇠잔해지다, 시달리다', 거기에 말줄임표까지 있다. 아픔을 가능하게 하는 모든 동사의 피동형이 나열되어 있는 것이다. 마지막 4연은 현실이 그렇다 할지라도 그럼에도 불구하고 어머니의 마음은 '서둘러 두엄이 되어' '꽁꽁 언 너의 발을 적셔주'는 것이라고 선언한다. 이 선언이 시 첫 행의 선언과 맞물려 있다는 건 누구나 알 수 있다. 이 시는 모성을 환한 빛과 뜨거운 열기로 비유하면서도 모성 이데올로기와 현실의 어머니 사이에 있는 이율 배반성을 외면하지 않았다는 점에서 모성을 찬양하기만 하는 시들보다 구체적이고 적실하다.

이런 어머니도 태어날 때부터 어머니였던 것은 아니니 다음 시는 어머니 되는 일의 지난함을 보여준다.

갓 시집와서 몇 년은
틈만 나면
친정이라는 낯선 이름으로 달려가던 우리 집
그래도 날마다 허기지던 어머니 그리움은

흐르는 세월에 바래고 일상에 지쳐
엷은 물빛으로 녹아내리는데
아이들의 키 따라
점점 멀어지는 어머니의 집

그리움은 어느 새
그 분의 하늘이 되어있었네

삼십 수년 붙들렀던 일 터 벗어나고도
시간표 따라 스스로 허둥대는 딸을
차라리 긍휼히 여기며 몇 몇 해를
또다시 기약 없는 그리움에
당신을 우리시는데
이 봄, 짙푸른 하늘 가리며 눈발처럼 흩날리는
봄 꽃잎들에게 가슴 한쪽 뚝 떼어 맡겨버리며
드는 생각

어머니, 어느새 저도 당신처럼
날마다, 날마다 기다리는 하늘이 되어있었네요.
— 「기다리는 하늘」 전문

　이 시는 여자가 어머니가 되어가는 시간과 과정을 그렸
다. 시집은 왔지만 시집이 우리 집 같지 않고 여전히 어머
니 계신 집이 우리 집 같아 '틈만 나면' 달려가는 신혼 초에
서 그 집이 '어머니의 집'이 되는 시간적 거리를 '아이들의
키'로 시각화시킨다. 자신이 어머니가 되고도 일하랴, 자식
키우랴 정신없어 자신의 어머닌 평생 '그리움에 당신을 우

리신'다는 엄연한 사실을 바로보지 못하고 지나쳐 버린다. 그러다가 봄날, 떨어지는 꽃잎을 보며 불현듯 깨닫는다. 내 모습이 어머니 모습이고 어머니 모습이 내 모습이라는 사실을. 날마다 기다리는 일이 모성의 근본임을. 시인은 오지 않는 자식을, 왔다간 가버리는 자식을 기다리며 늘 대기중 인 어머니를 '기다리는 하늘'이라고 이름 붙이며 자신 또한 어느새 그런 어머니가 되어 있음을 인정한다.

자신의 어머니를 전통적인 수사에 기대 '빈껍데기만 둥 둥' 떠가는 '우렁이'로 호명하는 「우렁이」까지, 시인이 생 각하는 혹은 실현하는 모성이란 자신의 모든 것을 자식들 에게 바치고, 한없이 기다리며 죽어서까지 자식에게 도움 이 되고자 하는 지향성이다. 시인은 물론 현실의 어머니가 기쁘기만 하거나 보람차기만 하다고 생각하는 것은 아니 다. 밟히고, 채이고, 뽑히고…… 하지만 그걸 '내 몫'이라고 여기고 '펑펑 쏟아지는 눈물 참으며' 기다리고, 끝내 빈껍데 기로 떠나가는 것이 어머니의 삶이라고 받아들인다. 이런 이상적인 모성성이 이 시집의 주춧돌을 이룬다.

3. 여자가 아들을 품으면, 좋다

4부에 묶인 시들은 아들이 대학 다닐 때부터 혼례에 이르 는 십여 년 간 아들에게 일어난 혹은 아들과의 사이에 있었 던 일화를 소재로 쓰였다. 언젠가 윤 시인의 시를 해설하면

서 "시를 생활의 통로로 삼아 잔잔한 생활의 기쁨을 노래하
고 욕심 없는 생활을 지향한다"고 말한 적이 있는데 그건
이 시집에서도 유효하다.

　가족들의 애경사마다 시를 쓴 것만 해도 놀라운데 가족
이 이룬 소소한 성취를 기록한 연보를 보고는 깜짝 놀랐다.
엄벙덤벙한 나로서는 상상도 못할 일이지만 과연, 세계가
놀라는 〈조선의궤〉를 기록한 조상의 후예답다.

　　언젠가 신문에 난 사진을 보며
　　이런 일도 있구나
　　부러웠는데
　　바로 오늘 바로 나의 일이 되다
　　아들의 성실 끝에서 만나는
　　이 기쁨

　　섬광처럼 지나간 꿈
　　어두운 기억의 밑바닥에서 꺼내어
　　녹을 닦아 반짝이게 하시는 그 분의
　　성실하심.
　　　　　　　　　　　　　　　　— 「축복」 전문

　이 시는 아래 부기한 것처럼 2004년 9월 아들 강원이 연
세대학교 법과대학 최우등생으로 뽑힌 기쁨을 기록하였다.
이 기쁨은 '아들의 성실 끝에서 만나는' 것이기도 하지만 '그
분의 성실하심' 덕분이기에 더더욱 기억하고 감사하기 위해

기록한 것이다. 시란 생각과 느낌이 움직인 것을 포착한 것이니 움직일 계기가 필요하다. 조선조 선비들은 자신의 일상에서 그런 일이 생길 때마다 시를 쓰고 전후 사정을 산문으로 기록해 놓았는데 윤 시인의 시작 태도에 그런 면모가 보인다.

이 땅의 모든 아들들과 똑같이
내 아들도 3cm길이로 머리를 자르고
오늘 아침 논산 훈련소로 갔다
다른 이들의 아들들처럼
서투른 몸짓으로 경례를 하고 군가를 불렀다
구령 따라 움직이는 아들의 모습에
나도 다른 엄마들과 똑같이
눈물이 핑 돌고 가슴이 울렁거렸다
어미인 내 눈에도 천상 훈련이 필요한 아들인데
항차 그 분의 눈으로야

돌아서는 발걸음 천근으로 무거울 때
그 분은 천사 하나 보내어 평안을 주신다.
―「출가」 전문

이 땅의 모든 아들들은 병역의 의무를 지고 있다. 불법으로 병역을 면제 받는 사람들 이야기가 끊임없이 뉴스에 보도되는 걸 보면 할 수만 있다면 면제받고 싶은 의무인 모양이다. 윤 시인의 아들도 대부분의 아들들처럼 입대했다. 시 앞부분의 사실적인 내용이야 대한민국에서 아들 둔 엄마들의 경험과 똑같다. 다른 것은 제목. '출가'는 집을 떠난다는 의미이니 입대도 출가임에는 틀림없다. 그러나 출가라는 말에는 단순히 집을 떠나는 의미만 있는 것이 아니라 불교계나 가톨릭계의 용례에서 보듯 번뇌에 얽매인 세속을 떠나서 성자의 수행생활로 들어가거나 세간을 떠나 수도원에 들어가는 의미도 있다. '어미인 내 눈에도 천상 훈련이 필요한 아들인데/항차 그 분의 눈으로야'에서 입대를 출가로 바라보는 인식의 단초가 드러난다. 그런 인식의 전환이 천사를 맞아들일 수 있게 한다. 천사가 주는 평안을 받아들였다고는 해도 아들을 두고 쓴 열 두 편의 시 중에 세 편이 입대 중에 쓰인 것을 보면 입대체험은 아들의 편에서만 아니라 어머니 편에서도 충격적이고 놀라운 체험임에 틀림없다.

한자 좋을 호(好) 자는 여자가 아들을 품고 있다. 이것은 한자문화권에서 엄마와 아들의 사이가 이미 공인되어 있음을 의미한다. 하지만 늘 지나친 게 문제다. 아들을 사랑하는 엄마 입장은 아들이 어리거나 성인이 되었거나 변함이 없지만 태아에서 성인에 이르기까지 놀랄 만한 성장을 이루어내는 아들의 입장에서 엄마의 사랑은 연령대 별로 판이하게 달라진다. 사춘기 이후 모자의 갈등은 다 여기에서 비롯된다.

보아도,
보아도 사랑스런 게 문제였다

갑자기 쌀쌀해진 날씨
새벽외출을 서두르는 그를 바라보는데
슬멋 문이 닫힌다
흠칫 움츠러드는 모성母性

다 큰 아들이 어린애처럼 여겨짐이 싫다고
아직도 부모의 사랑을 모르는 철부지라고
둘의 가슴에 똑같이 박힌 화살
어느 때 보다도 아픈 상처를 베개로
에미는 풀잎처럼 눕는다

두어 시간, 잠에서 깨어나
한결 부드러워진 공기가 들숨으로 고맙다
다시 그의 얼굴을 대하기도 전에
이미 나는 그를 용서하고 있다
지나간 세월 내 어머니께서
수없이 내게 그러하셨을 것
아, 뒤늦게 간절히 먼 용서를 빈다

무겁게 젖은 마음 내어 말리고 싶은
순해진 가을 햇볕 너른 품
남쪽 창에 따숩다.

—「가을 햇볕」 전문

　　시는 엄마의 판단에서 시작한다. '보아도, 보아도 사랑스
런 게 문제였다'. 그러니까 이 시를 쓸 때는 문제가 된 상황
이 끝나고 집에 남은 엄마가 상황을 진단하고 원인을 파악
하고 혼자 해결까지 한 상태이다. 갑자기 쌀쌀해진 날씨에

새벽에 나가는 아들에게 옷을 더 두껍게 입으라거나 모자를 쓰라거나 하는 투의 이야기를 했음직하다. 어느 집에서나 일어남직한 일이다. 그런데 아들은 "내가 뭐 어린앤 줄 아세요?" 소리쳤고 아들의 말을 들은 엄마 역시 "아직도 부모 사랑이 뭔지도 모르는 철부지!"라고 쏘아붙인 것이다.

나간 사람은 일 보느라 잊어버릴 수도 있지만 집에 남아 있는 엄마는 내내 끙끙 앓는다. 그러다 자신을 돌아본 것이다. 내 어머니가 나에게 어떻게 하셨는지, 나는 어머니에게 어떻게 하였는지. '지나간 세월 내 어머니께서 수없이 내게 그러하셨을' 용서. 어머니를 떠올리는 순간 나 역시 이미 아들을 용서한다. 그렇다. 여자들은 자기 어머니를 떠올리며 어머니가 되어 간다. 남자들이 좋은 아빠가 되고 싶어 하면서도 되지 못하는 이유는 오늘날 우리가 생각하는 좋은 아버지 역할을 해준 아버지를 떠올릴 수 없기 때문이 아닌가 싶다. 바람직한 아버지 상이 달라졌기 때문에 보고 배울 모델이 없는 것이다.

그런데 사실 이건 문제해결이 아니다! 엄마와 아들 사이에 일어난 갈등인데 엄마 혼자 용서하고 품어 버렸으니까. 문제의 원인인 '보아도, 보아도 사랑스런 게' 달라지지 않았으니까. 따라서 이 갈등은 가라앉긴 했으되 언제고 다시 수면 위로 솟아오를 여지를 가지고 있다. 문제를 해결하기 위해서는 성인이 된 아들에게서 두 걸음쯤 떨어져야 하는데 어머니들은 이 해결 방법보다는 일방적인 용서를 되풀이하는 행동을 선호한다. 이건 어머니여서가 아니라 사랑의 세계에서 더 많이 사랑하는 사람이 선택하는 행동 유형이다.

「겨울내기」는 원하는 결과를 얻기 위해 노심초사하고 있는 아들에게 보내는 엄마의 격려와 지지이다.

여러 겹의 겨울을 지나
다시 돌아온 이 겨울
사랑의 괴로움과 세상의 추운 슬픔들을
너는 문 닫고 잠그며 애써 감추려하나
문틈 사이로 새어나오는 연기 같은 한숨만으로도
내 가슴의 모세혈관은 터져버려
흐르는 붉은 피 영혼까지 적셔버려
마침내 기도는 흐느끼며 강물로 숨어버려
우리는 멀리서 서로를 외면하며 울고 있구나

그러나 감사하게도
단단한 얼음장 밑으로도 겨울 해는 녹아 흐르고
희미한 겨울 볕으로도 꽃은 피어나
우리들의 가슴은 온기가 차오르니
사랑아, 세상이 아주 춥지만은 않은 곳이다
눈물을 닦고 가슴을 펴라
곧 수많은 꽃 더불어 봄 찾아 올테니
겨울이 추운만큼 꽃들은 더욱 화사하리니.
　　　　　　　　　　　　― 「겨울내기」 일부

자신이 힘든 걸 내색하지 않으려는 아들과 '문틈 사이로 새어나오는' 한숨만으로도 가슴이 터져버리는 엄마는 '멀리서 서로를 외면하며 울고 있다'. 그러나 아무리 한겨울이라도 엄마는 희망의 증거를 찾아낸다. '단단한 얼음장 밑으로도 겨울 해는 녹아 흐르고', '희미한 겨울 볕으로도 꽃은 피어나'고, '우리들의 가슴은 온기가' 차오른다는 게 증거이다. 이 증거로 엄마는 아들을 설득하며 다독인다. '눈물을 닦고 가슴을 펴라'고. 존재의 위기를 겪고 있는 아들에게 무한한 확신을 주며 등을 두드려주는 어머니의 모습은 우리에겐 아주 익숙한 정경이다.

살면서 우리는 얼마나 자주, 막다른 상황에 도달한 것처럼 느끼는가. 그때마다 우리가 다시 일어설 용기를 갖게 되는 건 우리의 마음을 진심으로 공감해주며 우리를 지지해주는 존재 덕분이다. 갓난아이 시절, 혼자서는 아무 것도 할 수 없을 때 우리를 보호해주고 우리를 길러주셨으며 우리를 쓰다듬어주시고 자애로운 눈길로 바라봐 주시며 우리에게 확신을 속삭여주신 분, 그 분은 십중팔구 우리의 어머니시다. 천주교의 마리아, 불교의 관음보살, 그 밖의 많은 문화권에서 자애로운 어머니상이 필요한 것은 바로 이런 이유에서이다.

하늘과 땅이 축복으로 맞닿아 있고
숨 쉬는 공기마저 달다

어쩌면 내일
바람 불고 비 내릴지라도

오늘,
햇빛은

감출 수 없는 기쁨으로
굿거리장단에 춤을 추며
노래 부르라 한다.

— 「오늘」 전문

그런 절망 끝에 맞은 오늘이다. 연보를 보니 이 날은 아들이 검사 임관식을 하고 검찰 배지를 받은 날인 듯하다. 아들이 대학에 들어간 뒤 아니 초등학교에 들어간 뒤로 20년이 넘는 세월 동안 성취와 좌절을 거듭하며 드디어 원하는 일을 시작하게 된 날, '감출 수 없는 기쁨으로 굿거리장단에 춤을 추며 노래 부르'는 어머니의 모습을 상상해 보라.

모든 아들은 반드시 기억해야 한다. 오늘의 내 성취 뒤엔 어머니의 눈물과 기도가 산을 이루고 있음을. 그리고 아버지가 되었을 때 자식에게 그 사랑을 갚아야 한다는 것을. 평생 자신의 성취만을 위해 앞만 보고 달려 나가는 대신 자식의 성장을 위해 눈물과 기도를 바치는 아버지가 많아진다면, 그만큼 우리 사회가 따뜻하고 행복해지리라 믿는다.

4. 날마다 감사 노래 부르며 순해지다

윤 시인의 시와 삶에서 모성이 주춧돌이라면 신앙은 대들보이다. 종교의 폐해도 많아 종교를 방패로 큰 죄를 짓는 사람들도 많고 광신에 가까운 믿음으로 눈살 찌푸리게 하는 일도 자주 일어나지만 그렇다고 해서 신앙 자체의 미덕과 가치가 사라지는 건 아니다. 사람이 사람보다 더 큰 존재를 의식하고 그 큰 존재에게 감사하며 그 큰 존재를 닮아가려고 노력한다는 건 명명백백한 과학의 시대, 이성의 시대에도 반드시 필요한 일이다.

세 끼의 양식과
하루치의 평화에 새삼
놀라워하던 요즈음
어떻게 하면 그분의 뜻
좀 더 가까이 갈 수 있으려나
궁금해 하는데
느닷없는 회초리는 곧,
그의 지팡이고 또한 그의 막대기

깜짝 놀라 구석구석을 살피는데
아직도 캄캄한 영과 혼
헤어나지 못한 죄스러움 더불어
다만 살아있음을
온몸으로
감.사.해.

— 「빈자의 노래」 전문

160

이 시는 부기를 보면 남편이 크게 교통사고를 당한 뒤에 쓴 것으로 보인다. 인생에서 청하지도 않은 난관을 어떻게 헤쳐 나가는지를 보면 그 사람을 알 수 있다. 느닷없이 일어난 사고라도 사고 자체가 그 분의 지팡이이며 막대기임을 믿는 고백이 눈물겹게 신실하다. 흔히 감사란 크게 좋은 일에만 하기 쉽지만 언제나 기뻐하고 끊임없이 기도하고 모든 일에 감사하는 건 기독교인의 기본 생활 지침이다. 사실 윤 시인의 시에 가장 자주 등장하는 시어가 '감사'이기도 하다. 그 날 그 날의 일에 감사하며 그 날 그 날의 기쁨을 충만히 누리는 생활이 어려운 건 지침과 생활이 따로 떨어져 있기 때문이다. 대를 이어가는 돈독한 신앙 덕분인지 윤 시인은 원하지 않는 상황에 처했을 때조차 감사를 바친다.

이미 예수께서 설파하서 기독교인들에게 빛과 소금은 익숙한 비유이다. 이 시집에는 「빛의 노래」도 있고 「소금 사랑」도 있다. 그 중 「소금 사랑」은 사랑의 진면목을 조목조목 들려준다.

세상에서 가장 너른 바다 속에서
잔뼈가 굵어
성품도 좋지
누구도 가리지 않고
잘 어울리는구나
세상에서 가장 부드러운
물의 품안에서 자랐음에도

돌처럼 단단한 기상
나무랄 것 없이
장하구나
세상에서 가장 밝은 빛과 볕 속에서
목이 마르도록 몸을 태웠는데도
눈부시게 흰 살결
마음까지도 그렇게
맑고 투명하겠구나
그럼에도 불구하고
행여 제 모습 드러날까
숨고 또 숨고
녹고 또 녹아져내려
목숨 걸고 썩어질 것들을 지키든가
오직 맛을 위하여
전 생애를 포기하는
눈물겨운 의지

— 소금
너는 사랑의 진면목이다
— 「소금 사랑」 전문

　예수의 소금 비유는 간명하다. "소금은 좋은 것이다. 소금이 제맛을 잃으면 버려질 것이다. 너희는 세상의 소금이 되어라." 하지만 이 시에는 소금의 미덕이 훨씬 다채롭다.

　첫째, 누구도 가리지 않고 잘 어울리고 둘째, 돌처럼 단단한 기상을 가졌고 셋째, 몸과 마음이 맑고 투명하며 넷째, 제 모습 잃지 않고 썩는 걸 방지하고 다섯째, 맛을 위해 자신을 포기한다. 이 다섯 가지 소금의 미덕을 그대로 사랑의 속성으로 등치시킨 것이 이 시이다. 이런 시는 대상을 오래 두고 관찰하지 않으면 쓸 수 없다. 시인은 음식을 만드는 사람으로 늘 소금을 쓰면서 소금의 기능과 성질, 면모 등 어느 것 한 가지 범상히 넘겨버리지 않고 유념하고 관찰하고 궁구함으로써 사랑과 소금의 공통점을 찾아낸 것이다.

글 짓는 길을 묻는 사람에게 왕희지는 뜰에 가득한 꽃나무의 이파리와 꽃술을 모두 세게 하고, 상에 오른 밥과 찬의 맛을 음미하게 하였다고 한다. 살면서 만나는 모든 존재를 정성을 다해 살피고 음미한다면 그 삶의 무늬가 글을 이룰진대 글의 길과 삶의 길이 다를 리가 있겠는가.

억만 개의 별을 운행하는 그 손이,
억만 개의 들꽃을 웃게 하는 그 손이,
억만 개의 바람을 움직이는 그 손이,
억만 개의 구름을 다스리는 그 손이,
억만 개의 돌을 쉬지 않고 다듬는 그 손이,
억만 개의 물방울을 모으고 헤치는 그 손이,
억만 개의 운명을 설계하고 보듬는 그 손이,

나도 볼 수 없는,
나도 볼 수 없는 내 뼈의 무게를 달고
나도 볼 수 없는 내 살의 부피를 나누고
나도 볼 수 없는 내 피의 정기精氣를 모으고
나도 볼 수 없는 내 장기臟器의 좌우를 맞추고

나도 볼 수 없는 내 마음의 색깔을 물들이고
나도 볼 수 없는 내 생각의 길을 내고
나도 볼 수 없는 내 혼의 깊이를 잽니다.

저녁이 되고 또 아침이 되니
오늘도 귀가 조금 더 순해집니다.
―「순리」 전문

예순을 지나며 썼음직한 시이다. 유교문화권에서 생활하는 기독교 신자가 서로 다른 문화를 어떻게 조화롭게 받아들일 수 있는지를 보여주는 시라 하겠다. '종교'란 가장 높은 가르침이란 의미이니 사람에게 가장 높은 가르침이란 종교마다 달라지는 게 아니라 종교가 생겨난 토양과 문화에 따라 다른 옷을 입었을 뿐임을 아는 사람임에 틀림없다.

흐르는 시간과 섭리 속에 '억만 개'로 상징된 거대한 우주와 '내'가 조율되어 이른 단계가 이순임을 반복적인 리듬으로 노래하는 이 시는 단순하면서도 아름답다. 그 리듬은 거듭 반복되는 시간의 흐름인 동시에 나를 가꾸시는 그 분의 거듭되는 손길의 운율적 형상화이다.

축사란 무릇 짧을수록 좋다. 시 사이를 거니는 오솔길 몇 개를 일러주는 역할까지 하느라 불가피하게 길어졌다. 산책은 아무 목적 없이 걷기 자체를 즐기는 것이 제일 윗길이다. 그러니 자신만의 길을 찾아 사람의 향기와 시의 향기를 느끼며 거닐기를 권한다. 산책을 마칠 때쯤 읽기 좋은 시를 소개하며 지루한 글을 마치고자 한다. 환갑 때 받은 반지를 소재로 자신의 한평생을 보일 듯 말듯 그려낸 「숨은 그림 찾기」이다. 그림 찾는 재미와 스토리의 재미를 함께 즐기시기를!

세 줄기 강물이 반짝이며 흘러간다.
눈 비비고 다시 보니
한 줄은 강물이고, 다른 두 줄은
강물 더불어 흘러가는 구름
그리고 우리들의 세월이다.
20년을 한 속束으로 묶어 세 개,
나의 모든 시간들을 S자로 시작하는 이름의
그가 살짝 감싸고 있거나,
서로 만나, 새로 만난 딸 둘 아들 하나
세 애들을 둘이서 살포시 안고 있거나,
아름다운 숫자 스물 셋(23)도 언뜻 보이고,
건곤감리 중 하늘의 건乾이 반태극半太極 안에 잠들어
느릿느릿 나부끼는 괘卦의 편안한 형국이거나,
서른 두해 교단에서 아이들과 함께 즐긴 선율
그 숱한 오선들의 춤사위는 아닐런지……
혹은 믿음, 소망, 사랑 위에 정직과 성실
오랫동안 바란 소박하고 고된 삶의 방식이기도.
그보다, 다음에 다시 올까 망설이는 내게
갖고 싶은 것, 갖고 싶은 날에 가져!
세상에서 가장 편안하게 해주려는
그의 마음이다.
좁쌀만한 보석들이 촘촘히 박혀
투명하게 빛나는 금속 세 가닥 쪽나란히

느슨하고 여유로운 휘어짐 곁에
한껏 광을 낸 어여쁜 두 곡선의 어우러짐
강산을 여섯 번 건너온 나의 무명지에
크지도 작지도 않고
꼭 맞는다.

— 「숨은 그림 찾기」 전문

1947. 9. 26(금)　충남 부여군 홍산면 남촌리 외가에서 초등학교 교사 윤공섭
　　　　　　　　(尹公燮)과 백숙기(白淑基)의 맏딸로 출생(2남 4녀 중 장녀)

1947. 12. 25　충남 논산군 강경읍 강경 제일 감리교회에서 유아세례(목사 송득후)

1952. 4. 5　충남 논산군 강경읍 강경유치원 입학(원장 송득후)

1953. 3. 31　동 유치원 졸업(원장 송득후)

1953. 4. 5　충남 논산군 강경읍 산양 국민학교 입학(교장 임영원)

1955. 6. 1　충남 논산군 강경읍 대흥동에서 채산동 신축 교감관사로 이사

1959. 3. 25　동 국민학교 졸업. 우등상, 1년 개근상 수상(교장 이규방)

1959. 4. 5　충남 논산군 강경읍 강경 여자중학교 입학(교장 이석구)

1962. 3. 25　동 여중 졸업(24회). 우등상, 3년 정근상, 공로상 수상(교장 김영성)

1962. 4. 5　충남 논산군 강경읍 강경여자 고등학교 입학(교장 김영성)

1963. 1. 15　동 중·고등학교 교지 제9호 『채운』 에 논설문 '문화재 애
　　　　　　　호기간을 맞이하여' 게재

1963. 3. 13　동 여고 도서위원(도서관장 김명호)

1965. 1. 23　동 여고 졸업(15회). 우등상, 공로상 수상(교장 김재경)

1965. 3. 2　충남 공주교육대학 입학(학장 정해수)

1965. 5. 1　동 대학 파람문학회 가입(회장 신송석)

　　　〃　　동 대학 도서위원(도서관장 원종린)

1966. 2. 14　동 대학 학보사 기자(주간 한상각)

1966. 4. 27　동 대학과 공주사범대학 공동주최한 제1회 웅진제에서 연
　　　　　　　극 차범석 작 「불모지」 에 딸 경운으로 출연

1966. 10. 25　1966년 1학기 수석으로 학장장학금 수혜

1967. 1. 20   동 대학 학생작품 공모 당선. 작품집 제2편 『公山城』에
               소설 '네번째의 기원' 게재

1967. 2. 15   동 대학 졸업

1967. 3. 1   대전 성남국민학교 교사

1967. 3. 5   대전 영광 장로교회 반주자 — 피아노(목사 이상근)~1972. 12. 17

1967. 4. 1   교육잡지 『敎資文園』 수필 초회 추천 (작품 '잔디와 행복')

1969. 4. 15   대전 문창국민학교 교사

1969. 10. 12   중도일보에 동화 '빨강사과 파랑선생님' 연재

1970. 12. 22   대전시 교원 연수원 제3기 연수회에서 표창장 수상(연수원장 김정철)

1971. 3. 1   교육잡지 『敎資文園』 수필 추천완료

               (작품 '老字有感', 추천 : 조연현, 김요섭)

1972. 2. 12   대전시 모범교사 표창장 수상(교육장 김정철)

1972. 12. 20   고 서재찬(徐載贊)과 백남례(白南禮)의 5남2녀 중 막내인
               육군 중위 서영석(徐榮錫)과 혼인
               (장소 : 대전 영광장로교회, 주례 : 이상근 목사)
               대전시 중구 석교동 남양아파트 A동 201호에서 전세로 신혼살림 시작

1973. 6. 30   남편 서영석 군에서 제대

1973. 9. 1   남편 서영석 대전 동산중학교 교사
     〃   부부 남부 감리교회로 교적 옮김

1973. 11. 28   중등학교 검정고시 합격(음악)

1974. 2. 1   충남 부여군 석성중학교 교사

1974. 9. 19   큰딸 혜원(慧源)출생(대전 성모병원)

1975. 2. 1   대전시 중구 석교동 남양아파트 B동 102호 구입하여 이사

1975. 3. 30   큰딸 혜원 유아세례(대전 남부감리교회 김순경목사)

1975. 6. 1   충남 대덕군 동신중학교 교사

1977. 1. 17   대전시 중구 괴정동 47-17로 이사

1977. 3. 31   작은딸 경원(敬源)출생(대전 성모병원)

1977. 12. 25   작은딸 경원 유아세례((대전 남부감리교회 이한태목사)

1979. 1. 7   대전 남부감리교회 반주자 ― 피아노(당회장 김진곤)~1980. 12. 31

1979. 3. 1   유성중학교 교사

1980. 1. 6   대전 남부감리교회 집사(당회장 김진곤)

1980. 3. 1   대전 여자고등학교 교사

1981. 1. 3   셋째로 아들 강원(康源)출생(대전 이지재 산부인과)

1981. 3. 5   큰딸 혜원 대전 백운국민학교 입학

1981. 3. 15   첫 시집 『나무 오른편에서』 상재 대륙출판사

1981. 12. 25   아들 강원 유아세례(대전 남부감리교회 김진곤목사)

1982. 3. 1   충남 기계공업고등학교 교사

1982. 6. 1   꽃꽂이 사범 자격증 취득(錦燕會꽃꽂이연구소장 우금연)

1982. 12. 1   여성 문학동인회 「동시대」 창립회원(회장 안초근)

1983. 7. 28   대전 서구 괴정동 60-36 지금의 「머루헌」 으로 이사

1983. 9. 27   공주사범대학 부설 중등교원연수원에서 과정자격연수기
                간 중 표창장 수상(공주사범대학장 박재규)

1984. 1. 1   대전 남부감리교회 반주자 ― 오르간(당회장 이내강)~1996.12. 31

1984. 3. 1   충남 공주군 유구고등학교 교사

1984. 3. 5   작은딸 경원 대전 백운국민학교 입학

1985. 3. 1   충남 금산군 진산중학교 교사

1987. 2. 14   금산군 우수교사 표창장 수상(교육장 이덕재)

1987. 2. 18   큰딸 혜원 대전 백운국민학교 졸업
                (교육장상, 우등상, 3년 개근상 수상. 교장 리봉환)

1987. 3. 5   큰딸 혜원 대전 봉산중학교 입학
                아들 강원 대전 백운국민학교 입학

1987. 6. 9   시모님 백남례 권사 소천

1987. 9. 20   제2시집 『임』 상재(호서문화사)

1988. 3. 10   『詩와 詩論』 38호 초회 추천(시 '임', '강')

1988. 8. 10   『대전 남부 감리교회 40년사』 심의위원(발행인 이내강)

1989. 10. 3   문교부 주관 교사연수로 일본, 대만, 필리핀여행~10.11

1990. 2. 10   큰딸 혜원 대전 봉산중학교 졸업

               (교육장상, 우등상, 3년 개근상, 공로상 수상. 교장 최남기)

1990. 2. 15   작은딸 경원 대전 백운국민학교 졸업

               (교육장상, 우등상, 3년 개근상, 공로상 수상. 교장 류기설)

1990. 3. 1   충남 금산중학교 교사

1990. 3. 5   큰딸 혜원 대전 과학고등학교 입학

     〃   작은딸 경원 대전 봉산중학교 입학

1990. 8. 25   친정 부친 윤공섭 교장 65세로 대전 신평국민학교에서 정년퇴임

1991. 3. 1   문학동인회 「동시대」 2대 회장

1991. 12. 20   수업 우수교사로 교육부장관상 수상(교육부장관 윤형섭)

1992. 2. 10   큰딸 혜원 대전 과학고등학교 2년 수료

               (우등상, 2년 개근상 수상. 교장 조윤장)

1992. 3. 1   신탄진 고등학교 교사

1992. 3. 5   큰딸 혜원 KAIST 학사부 입학

1992. 5. 17   남편 서영석 대전 남부감리교회 장로 취임(담임목사 이내강)

1992. 5. 21   대전시 학력평가 문제출제위원

1992. 6. 1   대전 극동 방송 '방송 에세이' 시작하여 80여편 방송

               (첫 산문집 『안단테로 걷는 산책길』에 수록)

1992. 10. 1   시상문학회 창립 및 회장(~2008. 12. 20)

1992. 11. 30   대전 · 충남 여성문학회 창립(창립회원 24명)

1993. 1. 5   성지순례(런던, 카이로, 예루살렘, 로마, 파리 ~1.16)

1993. 2. 10   작은딸 경원 대전 봉산중학교 졸업

               (우등상, 3년 개근상, 공로상 수상. 교장 정완영)

1993. 2. 17   아들 강원 대전 백운국민학교 졸업(교육장상, 우등상, 3년
               개근상, 공로상, 특기상 수상. 교장 홍재헌)

1993. 3. 5　　작은딸 경원 유성 여자고등학교 입학

　　　　　　　아들 강원 대전 서중학교 입학

1993. 6. 7　　제3시집 『생각나서요, 아버지』 상재(분지출판사)

　　　　　　　친정 부모님과 시모님께

1993. 11. 20　『詩와 詩論 49호』 추천완료(시 '초하', 연작시 '일몰')

1994. 1. 1　　대전 남부감리교회 권사(당회장 이내강)

1994. 3. 1　　충남 기계공업고등학교 교사

1994. 4. 22　 대전시 교육과정 심의회 고등학교위원회 연구위원

1994. 6. 1　　대전 · 충남 여성문학회 2대 회장

1995. 11. 4　 첫 산문집 『안단테로 걷는 산책길』 상재(문예출판사)

1996. 2. 8　　교도교사 자격 취득

1996. 2. 9　　아들 강원 대전 서중학교 졸업

　　　　　　　(우등상, 3년 개근상, 공로상 수상. 교장 김용희)

　　　　　　　작은딸 경원 유성 여자고등학교 졸업

　　　　　　　(우등상, 3년 개근상, 공로상 수상. 교장 강신행)

1996. 2. 15　 큰딸 혜원 한국과학기술원(KAIST)학사부 우등생으로 졸업

1996. 3. 5　　큰딸 혜원 KAIST 석사부 입학(전산과)

　　　〃　　　작은딸 경원 충남대학교 입학(수의대)

　　　〃　　　아들 강원 대전 외국어고등학교 입학

1997. 2. 22　 뉴질랜드, 호주 여행(~3.1)

1997. 8. 8　　대전시 교육청 제7차 교사 해외연수

　　　　　　　(런던, 파리, 오슬로, 스톡홀름, 모스크바 ~8.18)

1997. 12. 15　제4시집 『삶의 소묘』 상재(도서출판 책동네)

1998. 1. 12　 스리랑카 선교여행(칼렐리야, 나왓쿠다, 시기리야 ~1.17)

1998. 2. 20　 큰딸 혜원 KAIST 석사부 졸업(전산과)

1998. 3. 1　　대전 전자고등학교 교사

1998. 8. 5　　제2차 스리랑카 여행

(벤토타, 콜롬보, 나왓쿠다, 캔디, 몰디브 ~8.13)

1998. 9. 1	큰딸 혜원 스위스 University of Geneva 박사과정 입학
1998. 10. 11	『대전 남부감리교회 50년사』 심의, 교정위원(발행인 이내강)
1999. 2. 9	아들 강원 대전외국어고등학교 졸업
	(우등상, 3년 개근상 수상. 교장 조성윤)
1999. 2. 28	대전 전자고등학교에서 명예퇴직
1999. 4. 6	시각장애인 선교회 「큰사랑」 녹음봉사 시작(~2011. 6. 2)
1999. 5. 1	대전·충남 수필문학회 회원 가입(회장 최중호)
1999. 8. 31	국민포장 수여(대통령 김대중)
1999. 9. 1	작은딸 경원 충남대 전액 장학금 수혜
2000. 2. 25	한국문인협회 대전지회 시분과 이사(제7대 회장 리헌석)
2000. 3. 5	아들 강원 연세대학교 입학(사회계열)
2000. 3. 19	대전 남부감리교회 회지 『기쁨과 평화』 창간호 주간
	(발행인 이내강. ~2010. 6. 27. 30호)
2000. 10. 9	오백쉰네돌 한글날 한글 선양 공로 표창(대전광역시장 홍선기)
2001. 2. 24	작은딸 경원 충남대학교 졸업(수의대)
2001. 2. 24	중국 여행(북경, 서안 ~2. 28)
2001. 8. 15	2차 중국 여행(충칭, 장가계, 계림, 성도 ~8. 21)
2001. 12. 28	큰딸 혜원이 있는 스위스 방문(인터라켄, 제네바 ~2002. 2. 23)
2002. 1. 13	3차 중국여행(상해, 소주, 항주 ~1. 16)
2002. 2. 25	한국문인협회 대전지회 시분과 이사(제8대 회장 리헌석)
2002. 4. 16	이베리아반도 여행(포르투갈, 스페인, 모로코 ~4. 25)
2002. 6. 30	대전 남부감리교회 장로 취임(담임목사 이내강)
2002. 7. 3	대전 문화방송 mbc 특급작전(오후 6:15 ~ 6:30) 좋은책 소개
	「책이랑 놀자」 코너 제1회 집필, 소개방송(~2004. 9. 3, 107회)
2003. 4. 9	대전 서구 갈마도서관 문학 강좌 강사
2003. 8. 7	결혼30주년 기념 여행(스위스 일원 ~8.21)

2003. 9.19	제5시집 『진주가 되고 싶은 날』 상재(오늘의 문학사) 큰딸 혜원에게
2003. 11. 3	4차 중국여행(베이징 일원 ~11. 7)
2003. 11. 21	남편 교통사고로 입원(~12. 12)
2003. 12. 6	제15회 대전문학상 수상
2004. 2.12	대전 · 충남 수필문학회 부회장(회장 문희봉)
2004. 3. 5	작은딸 경원 서울대학교 석박과정 입학(수의대 내과학)
2004. 6.30	큰딸 혜원 스위스 University of Geneva에서 박사학위 취득 (컴퓨터그래픽 전공), 박사후과정 시작
2004. 7. 21	큰딸 혜원 프랑스 리용에서 결혼(신랑 : 프레데릭 코디에)
2004. 9. 1	큰딸 혜원 충남대학교 교수로 임용(공과대학 전산과)~2009. 9. 30
2004. 10. 13	아들 강원 연세대 법대 1학기 최우등생 수상
2005. 2.25	한국문인협회 대전지회 감사(제9대 회장 리헌석)
2005. 3. 12	작은딸 경원 결혼(신랑 : 이종복)
2005. 4. 7	아들 강원 군에 입대(미8군 1여단 KATUSA)
2005. 9. 14	제2수필집 『머루헌의 누운 향나무』 상재(도서출판 POC) 남편 서영석 님에게
2006. 1. 14	캄보디아 앙코르와트 유적 탐방(캄보디아, 타일랜드 ~1. 19)
2006. 3. 14	한국문인협회 대전지회 부설 대전 문예대학 강사(수필분과)
2007. 1.24	중국(5차)및 베트남 여행(석림, 곤명, 하롱베이, 하노이 ~1. 29)
2007. 2.20	바울여정 성지 순례(터키, 그리스 ~2. 28)
2007. 2.25	한국문인협회 대전지회 감사(제10대 회장 이규식)
2007. 4. 6	아들 강원 군에서 병장으로 제대
2007. 7.23	6차 중국여행(항주, 황산, 남경 ~7.27)
2007. 9.14	제6시집 『꽃이라는 이름만으로도』 상재(오늘의문학사)
2007. 12.14	큰딸 혜원으로부터 외손녀 윤지(允智)출생
2008. 2.25	아들 강원 연세대학교 졸업(법과대학)
2008. 8.31	남편 서영석 동산중학교에서 명예퇴직

2008. 9. 19   제4회 원종린수필문학상 수상
2009. 3. 1   아들 강원 연세대 법학전문대학원 입학
2009. 8. 28   작은딸 경원 서울대학교에서 박사학위 취득(소동물 종양 전공)
2009. 10. 3   큰딸 혜원 프랑스 국립과학원 (CNRS)소속, 스트라스부르흐
               대학 교수로 임용되어 도불
2010. 3. 15   작은딸 경원으로부터 외손자 이형원(李炯遠)출생
2010. 4. 5   작은딸 경원 박사후과정으로 도미(US Davis)
2011. 2. 25   한국문인협회 대전지회 부회장(제12대 회장 문희봉)
2012. 2. 21   작은딸 경원 충남대학교 교수로 임용(수의과 대학 내과)
2012. 2. 25   남편 서영석 장로 은퇴(대전 남부연회 남지방 감리사 김문수)
2012. 2. 27   아들 강원 연세대학교 법학전문대학원 우등생으로 졸업
2012. 3. 12   아들 강원 검사시험 합격
2012. 3. 23   아들 강원 제1회 변호사 시험 합격
2012. 3. 31   제3수필집 『활짝 피어라 노랑장미』 상재
               (도서출판 문화의 힘) 작은 딸 경원에게
2012. 4. 2   아들 강원 검사 임관식 및 검찰 배지 수여식
2012. 5. 16   7차 중국여행(은시, 무릉, 중경 ~5. 20)
2012. 7. 21   아들 강원 결혼(며느리 임소영)
      〃   제7시집 『오늘, 그 축복의 노래』 상재(오늘의문학사)
               아들 강원에게

오늘, 그 축복의 노래

윤월로 시집

발 행 일　｜ 2012년 7월 21일
지 은 이　｜ 윤월로
발 행 인　｜ 李憲錫
발 행 처　｜ 오늘의문학사
출판등록　｜ 제55호(1993년 6월 23일)

주　　소　｜ 대전광역시 동구 삼성1동 125-6 한밭오피스텔 401호
전화번호　｜ (042)624-2980
팩시밀리　｜ (042)628-2983
홈페이지　｜ http://www.lito77.co.kr(홈페이지)
전자우편　｜ hs2980@hanmail.net

공 급 처　｜ 한국출판협동조합
주문전화　｜ (070)7119-1741~2
팩시밀리　｜ (031)944-8234~6

ISBN 978-89-5669-506-8
값 8,000원